JOÃO SILVEIRA

LE FANTÔME DE LA DIATHÈSE

A. POINAT, ÉDITEUR
21, RUE CASSETTE, PARIS (VIe)
1920

LE FANTÔME DE LA DIATHÈSE

JOÃO SILVEIRA

LE FANTÔME DE LA DIATHÈSE

A. POINAT, ÉDITEUR
21, RUE CASSETTE, PARIS (VIe)
1920

PRÉFACE

C'est un livre bien curieux, bien intéressant que l'ouvrage de M. Joao Silveira : *Le Fantôme de la diathèse*.

Après l'avoir lu attentivement je me demande encore comment il a pu être écrit et quel tour de force il représente. L'auteur, M. Joao Silveira, n'est pas médecin, il est, nous dit-il dans son Introduction, « tout simplement avocat » et cependant avec quelle aisance il parle : physiologie, biologie, microbiologie... avec quelle compétence, avec quelle hauteur de vue il aborde la pathologie générale, et tout cela, dans un style clair, imagé, qu'ennoblit un scientifisme d'idées, de mots techniques, fruits de longues et nombreuses études.

M. Joao Silveira a lu tout ce qui a été publié, dans ces dernières années, sur la fameuse diathèse, qui n'est, on le devine, que la *diathèse arthritique*, l'*arthritisme*, le *neuro-arthritisme*. Autant d'expressions couramment employées pour définir un état constitutionnel engendrant les manifestations pathologiques les plus variées, les plus disparates. Mais où mon étonnement devient de l'admiration, c'est lorsqu'avec une puissance remarquable de pénétration, servie par un merveilleux bon sens, il édifie une doctrine nouvelle de l'arthritisme, doctrine pour laquelle nous combattons depuis des années, et qu'il cristallise dans de telles formules :

L'arthritisme et la tuberculose sont une seule et même maladie.

L'arthritisme n'est qu'une toxi-infection d'origine bacillaire.

Tout arthritique est tuberculeux, etc., etc.

Dès 1906, nous tenions avec Leriche à peu près le même langage.

Une de nos communications à l'Académie de Médecine de Paris avait pour titre :

Tuberculose inflammatoire et arthritisme.

Les arthritiques ou prétendus tels ne sont souvent que des tuberculeux.

Le premier coup, nous l'avions porté déjà à la grande diathèse, lorsqu'en 1897 nous avions, pour la première fois, parlé du rhumatisme tuberculeux. En démembrant le rhumatisme simple, le rhumatisme tout court, qui était alors, et qui l'est resté encore pour beaucoup, la clef de voûte de l'arthritisme, nous démontrions, et dans les années qui suivirent, où nous avons si souvent développé notre doctrine, nous établissions que le rhumatisme, la plus grande des manifestations d'origine arthritique, était la plupart du temps exclusivement d'origine tuberculeuse.

Depuis lors, dans notre livre sur la *Tuberculose inflammatoire*[1] considérant toujours l'arthritisme comme un syndrome, nous avons justifié notre conviction de plus en plus profonde de la grande part du poison tuberculeux dans la genèse des accidents arthritiques.

J. Holloi, de Szeged (Hongrie), dans son importante monographie sur les Intoxitions tuberculeuses, a de son côté très vaillamment développé et soutenu les mêmes idées.

[1] O. Doin, édit, Paris, 1912.

Mais M. Joao Silveira va plus loin que nous, il ne se contente pas d'établir philosophiquement, en faisant appel aux travaux les plus récents sur la question, la causalité tuberculeuse.

Par une sorte de prescience que mon ami le Dr Frantz Glénard qualifierait certainement de divinatoire, il place dans le foie la cause seconde de l'arthritisme. « La clef du mystère, dit-il quelque part, est dans le foie frappé par les toxines bacillaires. » Nous nous inclinons devant cette opinion qui paraîtra à beaucoup des plus osées, d'autant mieux que Glénard, l'auteur de tant de recherches remarquables sur l'*hépatisme*, sur l'arthritisme d'origine hépatique, qu'il considère comme justiciable de causes diverses, est tout disposé à placer au premier rang, avec l'alcoolisme, dans cette pathogénie complexe des toxi-infections hépatiques, l'empoisonnement tuberculeux.

Nous ne suivrons pas davantage M. Joao Silveira dans le développement de telles idées qu'il développe avec son talent littéraire habituel, avec une abondance de déductions des plus légitimes, avec une conviction impressionnante.

Jusqu'à ce jour, nous n'avons envisagé que la cause première, fréquente, de l'arthritisme, la toxi-infection bacillaire. Nous avons laissé de côté, faute de documents, les causes secondes possibles de cette infection agissant par exemple sur le foie, sur la thyroïde, sur les glandes à sécrétion interne, etc., etc., dans la production des manifestations arthritiques.

Sur ce terrain plus général de l'intoxication tuberculeuse provoquant souvent, et peut-être plus souvent qu'on ne le pense encore, le syndrome arthritique, nous souscrivons aux conclusions de M. Joao Silveira.

Nous ne pensons pas pouvoir faire un plus bel éloge des idées qu'il développe avec tant de maestria, qu'en reproduisant dans cette Préface l'article que nous avons récemment consacré avec R. Leriche à la *Compréhension actuelle de l'arthritisme* dans le *Paris médical* du 5 février 1913.

« Malgré, disions-nous, la rigueur à laquelle tend la pathologie actuelle, on parle plus que jamais de l'arthritisme. A chaque instant, dans la clinique courante, on en prononce le mot ; à chaque page, dans les livres les plus récents (1912), on le trouve écrit aux chapitres des étiologies, et pourtant il n'est rien de plus imprécis, de plus indéfinissable, scientifiquement du moins. Et même existe-t-il bien un arthritisme ? La question peut parfaitement se poser.

« A vrai dire, la réponse que l'on peut y faire est variable suivant la signification que l'on donne au mot lui-même.

« *L'arthritisme maladie* n'existe pas ; *l'arthritisme tempérament* est, au contraire, très fréquemment rencontré. Il n'y a pas un syndrome pathologique qui soit créé par une maladie appelée arthritisme, et, néanmoins, il y a de par le monde des quantités d'arthritiques.

« Si l'on préfère, l'*arthritisme entité morbide*, agent pathogénique très répandu, cause habituelle de tout ce que l'on ignore, n'existe pas, et l'*arthritisme manière d'être*, manière de réagir, est une chose bien réelle.

« Qu'est-ce donc que l'arthritisme ? On a dit : c'est une diathèse bradytrophique, c'est un groupement de parentés morbides, c'est une diathèse congestive et fibreuse. Rien de cela n'est vrai. L'arthritisme n'est pas cela. Ce n'est pas une cause, c'est une conséquence.

« L'arthritisme, c'est l'état nouveau créé par une infection lente, par une intoxication bâtarde, frappant un peu tous les tissus et tous les organes, chacun à des doses variables suivant les individus, impressionnant les vaso-moteurs qu'elle rend très sensibles, pour un temps du moins, sclérosant les viscères, mettant toutes les cellules en moindre activité, les rationnant à la sécrétion juste suffisante, de telle sorte que l'homme atteint est, désormais, en marge de l'équilibre physiologique, et pour toujours aux frontières de la maladie.

« L'arthritisme, c'est l'état auquel conduisent les sourds remaniements cellulaires que fait lentement une infection cryptogénique : c'est l'aboutissant ultime des imprégnations toxiques diffuses et durables, c'est surtout l'aboutissant de certaines tuberculoses dont l'agent était peu virulent et dont l'organisme a triomphé.

« *L'arthritisme n'est pas un commencement. C'est une fin*[1].

« On peut, du reste, être arthritique de

[1] A. PONCET et René LERICHE. Le rhumatisme tuberculeux (O. Doin et fils, à Paris).

naissance : l'arthritique-né a reçu en legs la somme des acquisitions pathologiques de ses parents : il est, par exemple, fils d'un tuberculeux diabétique et d'une mère ancienne pleurétique. Mais, le plus souvent, on ne naît pas arthritique, on le devient. A l'âge de 17 ans, ce jeune homme a eu une brusque hémoptysie. Il était jusque-là bien portant et sans tare ; un traitement convenable a été suivi ; à la montagne, par la suralimentation, par le repos, il a guéri ; tous les signes ont disparu. Peu à peu, parallèlement, son type physique s'est modifié : l'ancien malade n'est plus le jeune homme svelte et sain que l'on connaissait ; il tend à une précoce obésité ; il est un peu congestionné, haut en couleur ; ce n'est plus le même homme. Que s'est-il passé ? Notre ancien malade est pourtant revenu à la vie normale, il n'est pas resté le gros mangeur des mois de cure. Ce ne sont donc pas des conditions de vie et d'alimentation qui règlent cet habitus nouveau, et une année de vie anormale n'a pu suffire à pareille transformation : rien ne peut expliquer cette évolution vers l'arthritisme, rien, sauf l'action non spécifique de sa tuberculose.

Par suite des conditions dans lesquelles il s'est mis, notre malade a enkysté ses lésions, il les a sclérosées, elles sont mortes en apparence ; en réalité, diminuée de virulence, l'infection, cliniquement disparue, est toujours demeurée, intoxiquant insidieusement le porteur, dont les humeurs et les tissus se modifient lentement : par une constante irritation, elle met partout en branle le tissu conjonctif, qui étouffe lentement les organes, qui met toutes les glandes en état de fonctionnement minimum, qui sclérose les poumons, les synoviales, les reins, le foie, le pancréas, etc., et plus tard, notre ancien tuberculeux se retrouvera asthmatique, rhûmatisant, brightique, diabétique, etc... Il sera un arthritique, et l'on dira, trompé par les apparences, que son arthritisme a neutralisé chez lui l'infection tuberculeuse, en opposant une barrière fibreuse aux éclosions folliculaires.

« En est-il ainsi ? Est-ce bien l'arthritisme qui a créé cela ? Certes non, c'est la tuberculose qui, jugulée, arrêtée dans son évolution, diminuée dans sa virulence et dans ses possibilités de diffusion, a fait un homme nouveau, un scléreux, un congestif, un arthritique, désormais rebelle à une tuberculose virulente, vacciné, en quelque sorte pour un certain temps, par la tuberculose inflammatoire contre un retour offensif de la tuberculose à tubercules.

« Telle est, suivant nous, la façon dont il faut comprendre l'arthritisme tempérament créé par l'infection, par la tuberculose surtout.

« Aussi bien considérons-nous, à l'inverse de tout ce que l'on a autrefois enseigné, qu'un stigmate d'arthritisme est un signe d'imprégnation tuberculeuse, ancienne, et, de par une expérience de dix années, nous pouvons dire que cette règle ne nous trompe pas ; nous avons toujours trouvé tuberculeux, en quelque point, dans le passé, les arthritiques que nous avons vus : tuberculeux nombre d'obèses, tuberculeux la plupart des diabétiques, tuberculeux la plupart des brightiques, des hépatiques, tuberculeux ceux qui ont une rétraction de l'aponévrose palmaire ou une camptodactylie, etc.

« Chez la plupart des arthritiques (90 fois sur 100) le sérodiagnostic tuberculeux est positif ; chez la plupart d'entre eux, une enquête étiologique minutieuse révèle des marques de tuberculose. La question est donc entendue, et ne mérite pas plus ample discussion.

« L'arthritisme entité morbide n'existe pas ; l'arthritisme est la tare organique dont une tuberculose bénigne ou une tuberculose cliniquement guérie marque ceux qu'elle a frappés.

« Mais, dira-t-on, s'il en est ainsi, si la tuberculose larvée envahit tout, cause tout, explique tout, il n'y a plus place en pathologie que pour elle. Et pourquoi n'en serait-il pas ainsi ? Les grandes infections générales, les grandes intoxications connues suffisent à expliquer toute la pathologie ; du jour où on ferait disparaître la syphilis et la tuberculose, les maladies, en apparence non tuberculeuses et non syphilitiques, seraient singulièrement réduites de fréquence.

« Aussi bien conclurons-nous en terminant que la diffusion des idées que nous défendons sur le rôle de la tuberculose inflammatoire[1] et en particulier sur l'arthritisme d'origine tuberculeuse a, dans

[1] *La Tuberculose inflamatoire*, par MM. Antonin Poncet et René Leriche (O. Doin, éditeur, Paris, 1912).

la pratique, une importance considérable au point de vue de l'hygiène sociale :

« En soignant les arthritiques comme des tuberculeux, on réduira le nombre des tuberculeux ; en diminuant le nombre des tuberculeux, on arrivera à supprimer la plupart des arthritiques. »

Un dernier mot. M. Joao Silveira est dans le vrai. Avec sa vaste érudition, avec une hauteur de vues et un jugement d'autant plus libre et d'autant sûr qu'il n'était inféodé à aucune idée doctrinale, il a su de son côté dégager d'un véritable chaos la vérité que l'observation clinique avant tout nous avait enseigné.

Je me permets, en terminant, d'adresser mes plus sincères félicitations à l'auteur du *Fantôme de la Diathèse*. Je souhaite à ce livre un succès égal à son mérite.

Antonin PONCET.

INTRODUCTION

Le petit volume, que nous offrons aujourd'hui au public, n'a point de prétentions littéraires ni scientifiques. Nous ne pouvons d'ailleurs y songer puisque nous ne sommes ni homme de lettres, ni homme de sciences, ni médecin. Nous sommes avocat, tout simplement.

Pour parler *ex cathedra*, nous manquons donc de la compétence professionnelle justement requise. Aussi ne nous proposons-nous qu'un but : apporter aux hommes compétents notre contribution à la solution d'un des problèmes médico-sociaux les plus importants, c'est-à-dire à la détermination de l'étiologie des maladies des échanges nutritifs, maladies dites constitutionnelles et considérées comme incurables, maladies issues de la diathèse, état pathologique dont la cause est encore mystérieuse.

Le lecteur trouvera dans ces pages quelques paradoxes, des assertions qui pourront lui paraître absurdes, voire même, à première vue, nettement contradictoires ; mais il pourra bientôt éclaircir de lui-même ces difficultés apparentes s'il veut bien nous prêter toute son attention et suivre la chaîne de nos raisonnements jusqu'aux conclusions qui en découlent nécessairement.

Le vocabulaire technique médical nous est trop peu familier pour nous permettre de traduire, comme il conviendrait à cet ouvrage, nos idées et nos pensées. Notre profession ne nous laisse pas assez de loisirs pour apprendre la vaste terminologie dont l'écrivain médical a l'habitude de se servir. De plus, nous écrivons en langue française et cette langue n'est point notre langue maternelle. Nous nous heurtons donc à une double difficulté. C'est en elles qu'il faudra sans doute trouver la source de nos erreurs. Aussi demandons-nous de la bonne volonté à nos lecteurs et de l'indulgence à nos « Maîtres ». Ces aimables dispositions d'esprit suffiront à tous pour combler nos lacunes et corriger nos fautes.

Nous avons commencé la rédaction de ce travail vers 1909, après avoir étudié beaucoup de Traités de pathologie, maintes monographies et maint livre concernant l'arthritisme et sa grande famille morbide.

Le vice constitutionnel, la diathèse, est incurable, nous disent les savants ; à grand'peine peut-on le modifier, mais le guérir, jamais. C'est cette affirmation catégorique qui nous a révolté.

Nous ne pouvons accepter ce dogme de l'incurabilité d'un état pathologique, surtout puisque cet état pathologique est compatible avec une longue existence. Aussi notre esprit rejette-t-il instinctivement l'étiologie vague et nuageuse de vice de nutrition, de tare, de stigmate constitutionnels.

C'est pourquoi nous avons l'irrésistible besoin d'épancher notre cœur, de dire les choses comme nous les sentons, de soulager, par la parole, notre indignation contre ce dogmatisme absurde et révoltant de diathèse acquise ou héréditaire, diathèse qui n'a point de localisation définie puisqu'elle a son siège partout, diathèse qui ne guérit jamais !

Telle est l'origine de ce livre, c'est le recueil de nos impressions personnelles.

Nous sommes partis de l'hypothèse d'une infection dont nous cherchions à découvrir le microbe spécifique. Nous avons marché par étapes, méprisant absolument tout d'abord et d'un esprit décidé la diathèse. Nous n'en faisions qu'un fantôme, créé par la littérature médicale pour expliquer le syndrome complexe d'un état pathologique qui ne pouvait ni être saisi, ni être défini.

Et, petit à petit, nous sommes arrivé à cette conclusion : L'arthritisme est la tuberculose elle-même, siégeant dans le foie. Elle y prend une autre allure à cause de l' « impropriété » de cette glande au développement complet du bacille de Koch.

Dans cette recherche du germe de l'infection arthritique, nous n'avons suivi qu'une seule idée directrice. On peut le constater. Nous nous attachions ainsi au postulat que nous avions posé dès le début de ce travail, en abordant ce sujet avec toute la fermeté de nos convictions.

Sans doute, nous avons eu quelques hésitations sur la détermination du microbe spécifique des maladies dites constitutionnelles. Chacune de ces maladies aurait-elle son microbe particulier? Peut-être, disions-nous.

Mais les « Maîtres » ont constaté que, toutes, elles constituent une seule et unique famille, dont l'arbre généalogique a ses racines dans le vice de nutrition. Or, la goutte est la manifestation la plus nette de l'arthritisme classique. Son microbe serait-il donc le genre ou l'espèce dont les microbes des autres maladies constitutionnelles seraient des modifications : espèces ou variétés ?

C'est ainsi que, chemin faisant, nous avons été conduit à cette affirmation : Le germe de l'arthritisme, c'est le germe de la tuberculose lui-même, malgré la grande différence que ces deux états morbides présentent au yeux des cliniciens. Cette différence s'étend jusqu'aux membres des deux groupements respectifs.

Prenons le groupement de la tuberculose. Comparons la tuberculose pulmonaire avec la tuberculose du mésentère, du larynx, des os, des reins, etc., avec le mal de Pott, le lupus, etc. On dira ce qu'on disait jadis : ce sont là des maladies différentes.

Prenons maintenant le groupement de l'arthritisme : goutte, asthme, migraine, lithiases, dermatoses, etc. Il paraît qu'un grand abîme les sépare.

Et, pourtant, ces deux groupements se caractérisent et se rapprochent par rapport à leur marche évolutive. Ils suivent, tous les deux, l'évolution fibreuse, scléreuse et caséeuse, en dépit de la nutrition accélérée qu'entraîne le premier et de la nutrition retardée qu'on remarque dans le second.

C'est cette ressemblance des *processus* qui a vivement frappé notre attention.

Or, dans les sciences mathématiques, on dit que deux quantités égales à une troisième sont égales entre elles. Cette axiome adopté, nous représentons l'arthritisme par A, la tuberculose par B, et par C le processus évolutif qui leur est commun. Nous avons

$$A = C$$

et

$$B = C$$

donc

$$A = B$$

Frappé, lui aussi, par cette identité des processus d'évolution et par la dissemblance de physionomie de ces deux groupements, un médecin hongrois, le docteur Jozséf Holloi, de Szeged, a soutenu que le bacille tuberculeux humain et le bacille tuberculeux des bovidés attaqueraient l'un et l'autre notre organisme mais d'une façon différente sinon opposée; le premier déterminerait surtout la tuberculose pulmonaire; le second produirait principalement la tuberculose externe et ces intoxications légères qui aboutissent à l'arthritisme[1].

Cette ingénieuse théorie n'est point nécessaire, nous semble-t-il, pour montrer, d'une façon parfaite, que la tuberculose et l'arthritisme sont une seule et même infection, produite par un seul et même microbe, le bacille de Koch, que ce bacille vienne d'un homme ou d'un bovidé. Nos preuves rendent bien compte de la virulence, moindre ou majeure, de ce bacille, dans l'arthritisme et dans la tuberculose. Nous avons, avec une grande netteté, justifié l'axiome mathématique dont nous venons de parler.

Mais la démonstration pleine et victorieuse de cette réalité revient à M. le professeur Antonin Poncet, de Lyon. Sans le soupçonner, il suivait avec nous le même chemin, ses recherches visaient au même but.

Après quinze années d'un travail infatigable et tenace, il est arrivé à cette conclusion :

« La tuberculose est une néoplasie inflammatoire à double tendance, fibreuse et caséeuse : la fibreuse, c'est l'arthritisme ; la caséeuse, c'est la phtisie.

« Ainsi donc, fréquemment les lésions dites arthritiques ne sont que l'expression de tuberculoses locales bénignes.

« ... Le mal tuberculeux et l'arthritisme n'ont

[1] Maurice DE FLEURY. *Bréviaire de l'arthritique.*

qu'une seule et même origine, pour qui observe bien, arthritisme et tuberculose ne font qu'un[1]. »

Entre le professeur Poncet et nous, il y a cependant une légère différence dans l'affirmation.

Pour lui, la tuberculose-arthritisme est une infection généralisée, de nature bénigne ; pour nous, l'arthritisme-tuberculose est localisé dans le foie. La bénignité de l'infection est due à ce fait que le microbe ne trouve pas dans cette glande les conditions nécessaires à son complet développement. La résistance vitale que le foie oppose au bacille de Koch est d'une grande intensité.

Tant que le foie fonctionne, même avec difficulté, maintient ses fonctions, la tuberculose n'éclate pas. Vient-il à défaillir complètement, la tuberculose laisse tomber le masque de l'arthritisme qu'elle portait jusqu'alors, elle se montre à découvert aux yeux des médecins.

Nous aimons à le répéter, nos idées se sont éclaircies au fur et à mesure des progrès de notre réflexion personnelle provoquée par la lecture des ouvrages des « maîtres » et devant les faits observés par eux. Aussi les chapitres de ce recueil de nos impressions progressives peuvent-ils manquer, par ce fait, d'un enchaînement systématique et ne point offrir un ordre sérié de raisonnements, qualités qui constituent l'élégante perfection des ouvrages scientifiques.

[1] Maurice de Fleury. *Op. cit.*

Nul homme de science, disons-nous, n'a encore étudié, du point de vue de la bactériologie et de la microbiologie, la grande famille morbide des maladies diathésiques, dont l'arthritisme est le type générique. Nous nous lamentions de cette lacune dans les recherches scientifiques et nos regrets étaient d'autant plus vifs qu'il s'agit d'une question embrassant les intérêts médico-sociaux les plus importants.

Tels étaient nos regrets et nous redoublions d'efforts à la poursuite de la vérité, comme si nous avions été tout seul dans cette laborieuse entreprise. Tout ce que nous savions de la diathèse résultait d'études générales, de connaissances lues dans les traités de physiologie et de pathologie interne.

Aujourd'hui, nous ne devons plus nous plaindre. Nous avons en main les œuvres de savants étrangers, de Français surtout. Nous les avons connues, postérieurement, au cours de notre travail. Nous voulons nommer M. le Dr Paul Carton, M. le professeur Maurice de Fleury, de Paris, M. le professeur Antonin Poncet, de Lyon, pour lesquels nous professons une véritable admiration et une gratitude sincère. Nous ne connaissions pas leurs travaux lorsque nous avons mis la main à l'œuvre pour exposer nos idées.

Le livre de M. le Dr Carton, le premier [1], celui

[1] P. Carton. *La tuberculose par arthritisme.*

de M. le professeur Maurice de Fleury ensuite[1], et celui de M. le professeur Poncet le dernier[2], selon l'ordre de nos lectures, nous ont donné la pleine assurance que nous marchions sur un terrain ferme et solide.

Nous avons eu l'honneur de faire la connaissance de ces trois savants illustres en échangeant avec eux nos idées. Ils ont eu pour nous l'amabilité la plus séduisante en nous adressant des lettres pleines d'encouragement et de réconfort.

M. le Dr Carton nous a écrit trois lettres et il a eu l'obligeance de nous envoyer ses travaux parus après la publication de son livre principal[3].

M. le Dr Maurice de Fleury, professeur aussi érudit qu'artiste élégant de la parole, nous a écrit une lettre remplie de cordialité et de bienveillance, aussi belle que bonne. Ce fut par le beau livre : *Le bréviaire de l'arthritique* de M. Maurice de Fleury, que nous avons connu les travaux de l'éminent professeur Poncet : *Le rhumatisme tuberculeux* et *La tuberculose inflammatoire ;* travaux faits en collaboration avec un de ses élèves les plus distingués, le Dr R. Leriche.

M. le Dr Poncet a fait à notre doctrine un accueil très significatif et très franc. Cette doctrine est la sienne, d'ailleurs, avec une légère

[1] Maurice DE FLEURY. *Op. cit.*

[2] Maurice DE FLEURY. *Op. cit.*

[3] P. CARTON. *La cure de la tuberculose par le végétarisme. Les trois aliments meurtriers.*

différence, comme nous l'avons déjà dit. Nous sommes côte à côte, sur le même champ de combat, pour la vérité contre la routine et le dogme. C'est pour nous un sujet d'orgueil bien légitime. Sa lettre, dans laquelle il approuve pleinement nos recherches et nos conclusions, nous la conservons avec une affection et une tendresse soigneuses, parce qu'elle est pour nous une source inépuisable d'encouragement et de nouvelles énergies. Aussi le remercions-nous de cette lettre et de l'envoi de ses deux travaux que nous avons lus avec enchantement [1].

Quant à l'ordre de ces chapitres et des idées qui y sont exprimées, nous aimons mieux le conserver comme nous l'avons conçu et écrit selon la marche de nos recherches déjà bien lointaines. Nos idées seront ainsi dans leur ordre naturel, suivant leur genèse et les phases de leur évolution. L'embryogénie des théories ressemble beaucoup à la formation embryonnaire des animaux, depuis l'instant de la conception jusqu'à la perfection dernière qui les achève et les donne au jour.

Laissez donc passer les défauts et les imperfections de notre travail. La vérité dans la science, dans la médecine surtout, ne se montre pas tout d'un coup à ceux qui la recherchent comme la Vénus mythologique surgissant des écumes de la

[1] Antonin Poncet et René Leriche. *Tuberculose inflammatoire et arthritisme.* — Antonin Poncet. *Rhumatisme tuberculeux et tuberculose inflammatoire.*

mer dans une splendeur irréprochable. Elle ne nous apparaît que peu à peu émergeant du fond des mystères de la vie psychique à travers les dédales de la vie organisée et nous n'avons le bonheur de connaitre et d'expliquer qu'un tout petit nombre des causes de ses phénomènes.

Felix qui potuit rerum cognoscere causas ! [1]

Saint-Paul, avril 1913.

João Silveira.

[1] Virgile. *Géorgiques*, II, 490.

LE FANTOME DE LA DIATHÈSE

CHAPITRE Ier

La lutte de l'homme pour l'existence est aussi vieille que l'humanité. Le problème de l'expansion et la conservation de la vie a préoccupé son esprit depuis cet âge géologique très lointain où il est apparu, dans toute sa sauvage nudité, sur la planète que nous habitons. Cette lutte, il l'engagea d'abord contre les bêtes féroces qui l'entouraient, contre les âpretés de son milieu ambiant, puis aussi contre les autres hommes, ses compétiteurs, dont les ambitions se heurtaient aux siennes dans la réalisation des mêmes aspirations, dans la poursuite d'intérêts identiques.

Les plus forts, les plus aptes éliminèrent, par la force de la sélection et les résultats heureux de l'adaptation, les plus faibles et les moins aptes. C'est ainsi qu'ils élargirent le champ des conquêtes humaines au fur et à mesure des victoires remportées.

Le pithécanthrope alale, troglodyte et nomade,

se transforma dans l'homme primitif et rude du Néandersthal pour devenir successivement le proto-artiste de Solutré, l'architecte ingénieux et étonnant des merveilleuses habitations lacustres de la Suisse et le type supérieur d'une cérébration puissante, fondateur de la superbe culture intellectuelle et artistique de l'Orient qui se déploya plus tard, vers l'Occident, sous la forme des brillantes civilisations de la Grèce et de Rome.

Le voici lui-même devenu notre type civilisé d'aujourd'hui. Dans son cerveau développé et lucide, il thésaurise une fort grande richesse de connaissances acquises à travers des milliers de siècles, dans sa bataille sans trêve pour la vie et la lumière. Déjà il est placé au sommet de l'échelle des êtres. Chaque degré de l'ascension, il l'a franchi par un effort pénible et opiniâtre.

Mais de ce faîte si élevé où il est parvenu, il sait et il sent bien qu'il lui faut encore monter davantage, s'élever encore beaucoup.

En vérité, ses triomphes sont éclatants dans les arts, les sciences, les industries, le commerce, dans tous les départements de l'activité et du savoir humain. Mais que sa vie est courte eu égard à l'étendue et au développement de ses désirs, eu égard à sa joie de vivre, puissante et ineffable, eu égard à la longue durée qu'il voudrait donner à cette vie, à cette joie, faite de vigueur et de santé, libérées de la tyrannie d'une mort prématurée, de la mort dont les armes meurtrières sont les maladies pour le plus grand nombre desquelles la médecine n'a point encore trouvé de remède !

Des profonds abîmes de sa personnalité, une voix lui crie que la science ne connaît pas l'impossible dans le domaine des lois naturelles, des forces vives, de la volonté et des énergies de la vie. Il se sent alors bercé par la ravissante espérance d'une solution prochaine apportée aux problèmes capitaux de ses ambitions de rêveur.

Cependant, aussitôt qu'il a franchi le seuil de l'adolescence, une maladie, insidieuse et tenace, commence à saper déjà son organisme, flétrissant sa jeunesse, blanchissant ses cheveux, engourdissant ses mouvements, le recourbant vers le sol, tout tremblant, aveugle presque et presque sourd !

Cette maladie-là, c'est la vieillesse.

Mais en dehors d'elle, à quelque phase qu'il soit de la vie, d'autres maladies le viennent assaillir. La médecine n'en évite ou n'en guérit qu'un petit nombre. Pour le reste, il n'y a pas de remède : elles sont inguérissables, elles sont invincibles dans les limites étroites de nos connaissances actuelles.

La thérapeutique n'est qu'un palliatif, elle ne procure qu'un soulagement momentané.

Le jour où une de ces maladies : cancer, lèpre, artériosclérose, lésion du cœur, mal de Bright, diabète, méningite, tuberculose, etc., s'est introduite dans l'assemblage de vos cellules, dans le plasma de votre sang, vous pouvez, au seuil de vos châteaux de rêves, laisser toute espérance de salut.

Il y a encore d'autres maladies qui, si bénignes qu'elles soient à leurs premières étapes, s'acheminent toutefois plus ou moins lentement vers des états très graves et deviennent incurables : ce sont les maladies dites constitutionnelles. Elles proviennent d'un vice de nutrition qui se décèle soit par le ralentissement, soit par l'accélération de cette nutrition. Ce vice-là, c'est la diathèse : elle peut être acquise ou héréditaire.

Selon que sa nutrition est habituellement ralentie ou accélérée, l'individu est frappé de la grande diathèse, soit arthritique, soit consomptive.

A la diathèse arthritique qui engendre les maladies qu'un paradoxe fait appeler *de richesse*, se rattachent les maladies nerveuses et mentales, tandis que la nutrition, *riche* par son accélération, enfante les maladies *de pauvreté*, comme la phtisie et les autres maladies de déchéance.

Vient ensuite l'armée permanente des maladies infectieuses, depuis les plus bénignes, ne présentant que quelques cas isolés, jusqu'aux plus meurtrières et ravageuses endémies et épidémies.

Des esprits d'un mérite éclatant, Claude Bernard, créateur de la physiologie expérimentale scientifique, Pasteur qui a trouvé les microorganismes dans les ferments, fondé la bactériologie moderne et la sérothérapie immunisatrice et curative, ont répandu une lumière très vive sur l'étiologie des espèces multiples des maladies qui se groupent dans les deux grands genres ci-dessus mentionnés.

Du reste, toutes les maladies aiguës ou chroniques ont, en règle générale, leur source soit dans les désordres fonctionnels de la nutrition retardée (auto-intoxication), soit dans la sécrétion plus ou moins virulente des germes pathogéniques (infection) [1].

Néanmoins, exception faite de quelques conquêtes, d'ailleurs merveilleuses, dans le domaine des découvertes de Pasteur, l'homme continue à mourir prématurément comme jadis, comme toujours, en rêvant sans cesse le suprême bonheur d'une vie fort longue. Cet espoir le nourrit depuis les âges reculés où il se prosternait devant les dieux de la nature pour les appeler à son aide, où, tout rempli de foi, il se couvrait des amulettes miraculeuses d'un barbare fétichisme, ou buvait les élixirs prodigieux de l'alchimie antique pour atteindre au miracle de renouveler sa jeunesse disparue.

Les dieux, les amulettes, les élixirs ne lui ont prêté aucun secours.

Mais l'espérance qui meurt est comme le phénix qui renaît plus vif de ses propres cendres. C'est pour cela que l'esprit de l'homme contemple encore émerveillé les recherches scientifiques de Metchnikoff. Ce savant, reprenant le vieil aphorisme : *La vieillesse est une maladie*, fait entrevoir

[1] Ch. Bouchard. *Leçons sur les auto-intoxications*. — Ch. Bouchard. *Thérapeutique des maladies infectieuses*.

à l'homme, à la suite de ses belles études et par ses déductions parfaitement logiques et vraisemblables, une nouvelle ère future. Il y pourra jouir d'une longue jeunesse dans le temps, d'une vieillesse dont la morbidité sera fort atténuée et d'un prolongement d'existence bien au delà de la misérable moyenne du temps présent[1].

Toutes proportions gardées entre la vie des animaux supérieurs qui l'environnent et la sienne, tout homme devrait vivre une moyenne de cent vingt années, puis mourir naturellement comme s'il fermait les yeux pour le monde dans la pleine satisfaction d'une fonction physiologique et dormir doucement son dernier sommeil.

Telle est la pensée de cette homme de science éminent qui a imaginé la belle théorie de la phagocytose, ou défense de l'organisme par les globules blancs du sang (leucocytes), contre les invasions des bactéries ou germes pathogéniques.

Malgré tout, malgré les étonnants progrès de la médecine, la vibrante « Psyché » de l'homme se révolte chaque jour contre les assauts de la vieillesse précoce et valétudinaire, contre la mortalité toujours constante causée par les maladies curables et incurables.

Ses cris de douleurs, ses clameurs de désespoir montent vers les espaces infinis du ciel et retentissent dans tous les coins du monde, au travers des

[1] Elie Metchnikoff. *Essais optimistes.*

monuments superbes, mais presque tous inutiles, de la sagesse humaine.

CHAPITRE II

Elle est bien significative l'opinion que formule J. Héricourt, avec une si parfaite compétence, lui dont l'autorité fait loi dans cette matière :

« Ne faut-il pas vraiment s'étonner, dit-il, de la fixité presque immuable de la moyenne de la mortalité humaine dans les différents pays du monde ? »

Nous avons eu des hommes d'un savoir éminent, des génies féconds qui ont pénétré profondément dans le mystère de la santé et des maladies, qui ont résolu les problèmes de l'infection et de la contagion, qui nous ont appris la pratique de l'isolement, de l'antisepsie et de la désinfection.

L'humanité a eu le bonheur de posséder des hommes illustres comme les Claude Bernard, les Pasteur, les Lister, mais tous les efforts de ces cerveaux puissants sur les problèmes de la vie et de la mort n'ont abouti qu'à cette constatation : on souffre et on meurt aujourd'hui comme on souffrait et on mourait avant leurs travaux[1].

[1] J. Héricourt. *Les frontières de la maladie.*

Contre la tuberculose, par exemple, cette maladie meurtrière qui offre un des coefficients les plus élevés de la mortalité, nous voyons les gouvernements, les peuples, les associations médicales de tous les pays se lever, lui déclarer une guerre ouverte offensive et défensive ; dans l'attaque et la prophylaxie l'homme utilise, dans cette lutte, les armes les plus puissantes et les plus perfectionnées.

Mais devant l'implacable vérité des faits accomplis, constatés par les statistiques, nous ne pouvons pas, malgré que nous en ayons, ne pas admettre la conclusion de ce médecin célèbre et savant homme de science :

« Les victimes de la tuberculose n'ont jamais été plus nombreuses qu'aujourd'hui après les efforts employés pour la réduire »[1].

La désillusion n'est pas moindre dans le vaste champ des maladies constitutionnelles. Elles entraînent toujours la mort de leurs victimes après une longue suite de transformations morbides qui les martyrisent sans cesse pendant toute leur vie.

La grande diathèse, dite de richesse, dont le type caractéristique est l'arthritisme, s'avance de degré en degré pour arriver enfin à une lésion cardiaque, à la cirrhose hépatique, à l'artériosclérose, au diabète, au mal de Bright, etc.

Des maîtres de la science médicale, comme Bouchard et Dieulafoy, affirment catégoriquement

[1] J. Héricourt. *Ibid.*

qu'il est possible, par le régime et l'hygiène, de corriger ou d'atténuer la diathèse[1]. L'emploi de quelques médicaments permet de régler les fonctions éliminatoires des émonctoires et de réaliser la pureté du sang par la dissolution et l'élimination de l'acide urique qui en trouble l'alcalinité naturelle et par l'antisepsie du tube gastro-intestinal. Pourtant, ce qui est certain, c'est que cette correction et cette atténuation ne se maintiennent point d'une façon continue et durable. La cause du mal persiste et poursuit son œuvre de la même façon, elle demeure inabordable, elle reste insaisissable, elle persiste victorieuse.

Y aura-t-il vraiment des maladies inguérissables ?

Pour la science, c'est la négative qui s'impose avec l'autorité d'un axiome. Et c'est vrai, car des maladies inguérissables hier encore, aujourd'hui guérissent, on les range même parmi ces maladies banales dont la guérison est aisée.

La sérothérapie garantit aujourd'hui la vie humaine contre les assauts meurtriers de la rage, de la diphtérie, du tétanos, du charbon, des infections puerpérales. La mortalité dans ces maladies a, chez les peuples civilisés, merveilleusement diminué. Et nous ne parlons pas des éclatants progrès de la chirurgie qui, tous les jours, opère de véritables résurrections.

[1] Ch. Bouchard. *Maladies par ralentissement de la nutrition;* Georges Dieulafoy. *Manuel de pathologie interne.*

Assurément les hommes de science sont dans l'erreur à l'égard de l'étiologie et de la thérapeutique de ces maladies soi-disant incurables. Il vaut mieux dire qu'ils sont dans l'ignorance, celle-ci étant le manque complet de connaissances, celle-là étant la fausse compréhension d'un objet.

Nous devons nous enorgueillir, certes, du majestueux édifice de la science moderne, élevé, il y a une trentaine d'années, sur les ruines de la médecine du passé, science aux idées étroites et métaphysiques. Mais nous devons avouer qu'il nous reste d'immenses progrès à faire pour trouver la solution des problèmes capitaux de l'étiologie et, par là même, la cure des maladies.

Les disciples de Claude Bernard et de Pasteur, par leurs étonnantes découvertes, ont beaucoup élargi le champ de la physiologie et de la pathogénie des maladies infectieuses.

Seuls les microbes, par eux-mêmes, mécaniquement, ne pouvaient faire grand mal à nos fonctions physiologiques. Les désordres, par eux produits, étaient causés certainement par un poison subtil qu'ils sécrétaient dans notre milieu intérieur : les toxines.

Par extension et par analogie, on a fait de la cellule un équivalent du microbe. Comme on le sait, les cellules forment la grande fédération histologique de notre corps. Chacune d'elles a sa vie propre et indépendante dans la communion sociale; dans la division et la spécialisation du travail physiologique elles se prêtent une aide mutuelle, sous la direction et le contrôle incessant du système nerveux.

Et comme les cellules se nourrissent en assimilant et en désassimilant les aliments, leurs déjets ou excrets sont éliminés par les émonctoires (foie, reins, intestins, etc.).

Quand il arrive que ces émonctoires se trouvent, par excès de travail ou pour toute autre cause, dans l'impuissance d'exercer normalement leurs fonctions, ces déjets ou excrets commencent à s'entasser, puis ils s'extravasent et se répandent ensuite, comme des poisons, dans la circulation et les viscères.

Cette théorie de la vie cellulaire admise et consacrée, on arrive à cette conclusion qui oriente et domine aujourd'hui toute la pathologie moderne : toute maladie, issue d'un vice de nutrition ou d'une infection, est une toxémie.

Les toxines des cellules sont équivalentes aux toxines des microbes, elles produisent les mêmes réactions chimiques que celles-ci, c'est-à-dire les mêmes états morbides causés par la toxémie.

Cela posé, on établit une thérapeutique équivalente ou semblable, la thérapeutique des antiseptiques, pour ces deux grands genres de maladies et pour leurs différentes espèces.

L'étiologie des maladies infectieuses réside dans les microbes. La science peut en donner l'affirmation positive et la justifier; pourtant la difficulté pour découvrir et isoler chaque micro-organisme générateur de chacun de ces états morbides reste très grande, malgré les progrès de la bactériologie.

C'est que ces infiniment petits, outre le fait d'appartenir au règne animal et au règne végétal, sont invisibles à l'œil nu. Ils ne sont accessibles à notre perception visuelle qu'à l'aide de puissants microscopes.

Plusieurs d'entre eux, même ainsi, ne peuvent être perçus. Il faut recourir aux procédés de coloration, c'est-à-dire à l'emploi de substances colorées, qu'on mêle à quelques gouttes des bouillons de culture des laboratoires, étendues sur une petite plaque de verre.

En dépit des difficultés rencontrées pour établir leur classification en histoire naturelle et pour déterminer l'action chimique spéciale à chacun d'eux dans la genèse des maladies, on sait qu'ils sont microbes, qu'ils causent les maladies infectieuses, on sait du reste qu'ils appartiennent au règne végétal ou au règne animal.

Mais la diathèse? Qu'est-ce que c'est que la diathèse? Quelle est la cause des maladies dites constitutionnelles? Personne, malheureusement, ne le sait encore.

C'est pour cela, naturellement, qu'elles sont incurables, comme le sont encore à présent toutes les maladies infectieuses dont le micro-organisme générateur n'a pas été découvert ni déterminé.

CHAPITRE III

La théorie de la toxémie par auto-intoxication nous semble insoutenable, rationnellement et pratiquement. Le bon sens et toutes les déductions de nos expérimentations mentales sont en flagrante opposition avec cet étrange phénomène que serait le suicide des cellules, suicide admis comme une vérité scientifique.

Ou cette théorie relève d'une métaphysique si haute qu'elle en devient par cela même inaccessible à nos étroites conceptions intellectuelles, ou bien il n'existe pas absolument d'auto-intoxication.

Nous nous élevons contre cette doctrine, le lecteur le peut aisément deviner, au point de nier l'existence des diathèses, de ces divinités assassines et meurtrières qui habitent l'Olympe et dont on ne peut réfréner la colère, si même on l'atténue légèrement au moyen d'offrandes, de prières et d'ablutions.

Une de nos raisons pour justifier notre affirmation schismatique repose sur le fait de la tendance naturelle et héréditaire de la cellule à perpétuer, pour ainsi dire, ses réactions physico-chimiques et à étendre indéfiniment sa vie dans le temps et dans l'espace.

L'inconsistance de la théorie vient du fait qu'elle a son origine, elle, dans une analogie hypothétique entre la cellule et le microbe, et dans des conclusions prises d'expériences de laboratoire mal conduites.

On a constaté, par exemple, que l'urine humaine est un poison. Injectée, en effet, à certains animaux, elle produit en eux tous les symptômes d'un empoisonnement et même détermine la mort.

Or, l'urine étant un produit de dépuration, un filtrat du sang, on en a conclu qu'elle empoisonnait parce qu'elle contenait des leucomaïnes et des toxines en quantité et en qualité anormales.

Tout alors est dit avec cela sur la nature virulente de cette excrétion, et c'est là le dernier mot de la science !

On établit alors une autre hypothèse relative aux sécrétions émises par diverses glandes, sécrétions importantes par le rôle qu'elles jouent dans les phénomènes de la digestion et des autres fonctions physiologiques. La plus facile à recueillir pour l'expérimentation est la salive, cette diastase qui fait commencer la digestion dès le premier travail de la mastication.

On allait démontrer que même les sécrétions nobles de l'organisme sont des poisons lorsqu'elles sont fermentées ou altérées par une cause quelconque. C'est pour arriver à cette démonstration qu'on a fait dormir toute une nuit un sujet qui conserve dans la bouche des grains de maïs qui s'imbibent ainsi de salive fermentée. On jette le lendemain ces grains à des poussins qui meurent peu de temps après les avoir avalés.

Inutile de citer en plus grand nombre de pareilles expérimentations.

Mais ce sont là des expériences *in anima vili*. Elles ne peuvent pas du tout servir à fonder une *loi* de l'auto-intoxication, doctrine d'ailleurs si brillamment exposée et défendue par Bouchard[1].

Tout le monde sait que nos paysans, incultes et grossiers, boivent très communément leur urine ou celle d'un jeune enfant, comme un médicament interne pour les traumatismes dans les chutes avec commotion et lésion d'un organe. Ils connaissent aussi parfaitement l'action de l'urine comme remède abortif des indigestions. Ces hommes, placés à mi-chemin entre les sauvages et les civilisés, méconnaissent presque entièrement l'hygiène, ils prennent très rarement un bain de propreté ou se lavent le visage. Ils négligent tout à fait la toilette de la bouche, ne se servent jamais de brosse à dents ni de dentifrice. De grand matin, ils quittent leur lit et prennent immédiatement leur café. Ni l'usage interne de l'urine, ni celui de la salive fermentée qu'ils avalent toute la nuit et le matin, mêlée à leur café, ne nuisent à la santé fleurie dont ils jouissent,

[1] Ch. Bouchard. *Leçons sur les auto-intoxications.*

en règle générale, jusqu'à une extrême vieillesse.

C'est que le poison de l'animal et de la plante n'est jamais un poison pour cet animal ni pour cette plante.

S'il n'en était ainsi, tous les animaux et toutes les plantes auraient péri par l'auto-intoxication : le monde serait désert.

Pasteur lui-même n'aurait pas découvert le sérum contre la rage, ni Roux, le sérum antidiphtérique, et ainsi de suite, aucun bactériologiste n'aurait fait de découvertes, car les microbes seraient morts *in vitro* de toxémie, par auto-intoxication, c'est-à-dire empoisonnés par leurs toxines individuelles, épanchées dans les bouillons de culture.

Mais le sérum qui immunise et qui guérit n'est pas fait seulement de toxines, il sort du laboratoire avec des toxines et des microbes atténués en quantité et en qualité par un procédé de sélection artificielle. Et cela est si vrai que pour produire le sérum, on n'emploie pas les procédés de l'antisepsie ni de la stérilisation.

Il est donc bien certain que les microbes ne meurent pas de toxémie par auto-intoxication, mais ils périssent par l'action des antiseptiques et de la température de leur milieu, le bouillon élevé à l'ébullition ou tombé au-dessous de zéro. Entre ces deux extrêmes thermiques, il y a des degrés intermédiaires comme limites vitales de chacun de ces micro-organismes.

Au surplus, cette théorie est condamnable pour son irréductible exclusivisme. L'homme seul est atteint par les diathèses, les cellules seules de l'homme s'empoisonnent et meurent par les toxines qu'elles fabriquent. Les autres animaux sont dans une situation différente, ils sont à l'abri de pareils maux !

Cependant les animaux et les plantes naissent d'un germe, ils croissent, vivent, assimilent et désassimilent, ils sont un laboratoire de réactions physico-chimiques comme l'homme, comme lui, ils sont frappés par les maladies, par la vieillesse et par la mort.

Si les lois biologiques embrassent tous les êtres dans le grand ensemble du monde organique, pourquoi briser l'universelle harmonie de ces lois pour en faire une exception contre le roi de la création ?

Triste royauté, bien voisine de la misère la plus réelle.

Devant le temple, riche et superbe, de la science moderne, nous offrant une nouvelle religion, de nouvelles divinités, de nouveaux dogmes, nous nous inclinons, saisis d'une vive admiration et d'un profond respect pour l'insigne artiste qui l'a conçu et qui l'a bâti. Il a profité sans doute des matériaux épars résultant du travail d'ouvriers antérieurs, mais il les a organisés, il les a disposés harmonieusement dans son œuvre esthétique d'architecture et de génie.

Mais la foi nous manque, et la foi, c'est le tout d'une religion. Nous sommes comme ces pélerins chrétiens de lointains pays du globe, qui visitent la somptueuse Mosquée Bleue de Jérusalem et s'extasient devant son éblouissante beauté artistique, mais qui ne croient point aux dogmes ni aux doctrines du Coran.

CHAPITRE IV

La cellule, parcelle du monde organique, est à son tour formée de matériaux empruntés au monde qu'on appelle inorganique : elle est soumise aux mêmes lois physico-chimiques qui régissent l'organisme des êtres vivants. Chaque animal, chaque plante est un microcosme, un agrégat, en miniature, de tous les éléments composant ces deux autres grands mondes.

Aussi, toute théorie concernant la conception de la matière aura son retentissement forcé, de diverse manière, sur la compréhension de la vie et des autres phénomènes cellulaires.

Lavoisier, par sa découverte, dans le monde de la chimie, de la loi de la conservation de la matière (1789) et Robert Mayer, dans les domaines de la physique, formulant la loi de conservation des forces (1842) ou, suivant l'appellation actuelle, de conservation de l'énergie, ont proclamé l'éternité de la matière et de l'énergie qui se transforment sans cesse en de nouveaux corps et en de nouvelles formes énergétiques, mais sans s'anéantir jamais.

Un savant distingué, Gustave Le Bon, s'élève maintenant contre ces doctrines dominantes. De longues années de recherches, infatigables et intéressantes, théoriques et pratiques, méthodiquement et patiemment conduites dans son cabinet d'études et dans son laboratoire d'expériences, appuient ses affirmations.

Ses études l'ont convaincu que la matière n'est pas éternelle ; elle meurt pour ne point renaître et ne se transformer jamais après avoir parcouru un cycle de vie énorme et presque impondérable, pendant lequel elle passe et repasse de l'un dans l'autre de ses trois états.

Dans certaines périodes finales de son évolution, mais possédant encore une force très considérable qui semble augmenter à mesure que la matière approche de son extinction, elle se cache tout à fait à nos yeux dans les vastes champs de l'infra-rouge et de l'ultra-violet du spectre. Dans ces régions, nous pouvons à peine l'entrevoir ou la deviner par ses manifestations à travers les phénomènes de la lumière noire, des ondes électriques et des énergies extraordinaires et étonnantes de sa radio-activité qui traversent les corps opaques. Elles révoquent ou annulent apparemment l'action de certaines lois naturelles connues, en répandant leur admirable et merveilleuse impulsion à tous les domaines de la nature.

Finalement, la matière se dissocie, c'est alors qu'elle se dématérialise et s'éteint, mais la force qu'elle emploie pour se dissocier est si colossale que la dissociation complète d'une pièce d'un centime représenterait une énergie équivalente à celle qu'on pourrait obtenir en brûlant 68.000 francs d'huile [1].

La lecture des recherches de ce puissant esprit, l'éclat de ses travaux dont nous ne donnons ici qu'un pâle résumé, nous a causé une impression si vive et si poignante, qu'en parcourant les pages du livre, notre esprit se donnait l'illusion d'assister aux affres d'agonie de la matière, aux spasmes titaniques de ses gigantesques convulsions. Il nous semblait voir s'ouvrir et se refermer sa tombe dans l'infini désert des poussières du néant, au delà, bien loin au delà du champ ultra-violet du spectre solaire, là où la vie atomique ne peut plus être aperçue!

Abstraction faite de l'enthousiasme naturel que les grandes découvertes et les nouvelles théories suscitent chez les penseurs, du moins dans un

[1] Gustave Le Bon. *L'évolution de la matière. — L'évolution des forces.*

petit nombre d'entre eux, soit à cause des circonstances spéciales où ces doctrines se sont révélées, soit par le prestige de leurs auteurs, soit à cause de l'élégante méthode avec laquelle elles ont été exposées, laissons venir le temps de faire sur elles une étude calme et réfléchie. Ce qui nous intéresse ici spécialement, c'est de constater que la matière, qu'on l'admette immortelle ou mortelle, possède néanmoins, d'après ces deux théories opposées, un cycle énorme de vie évolutive dans le temps et dans l'espace.

Ernest Solvay et R. Petrucci, dans de récentes et curieuses études faites encore sous l'orientation des lois de Lavoisier et de Robert Mayer, ont constaté que chez les animaux poly-cellulaires — les métazoaires — la mort somatique de l'individu précède de beaucoup la mort des cellules. Ainsi, si l'on prélève chez un individu qui vient de mourir et peu d'instants après sa mort, une parcelle d'épiderme, que l'on greffe sur un autre individu vivant, la cellule épidermique, ainsi transplantée, continuera de vivre dans ce milieu nouveau.

Voici une autre preuve non moins concluante encore de la distinction entre la vie cellulaire et la vie individuelle. C'est le fait fréquent et bien connu de la mort de plusieurs cellules du corps d'un individu sans que cette mort partielle nuise en rien à sa vitalité générale. Tels sont les animaux et les hommes qui ont subi l'amputation d'un membre ou l'ablation d'un organe non essentiel à la vie.

La mort somatique de l'animal poly-cellulaire étant donnée, il arrive donc que les cellules qui composent cet animal commencent de mourir les unes après les autres, au fur et à mesure que cesse la circulation du sang oxygéné qui leur fournit des matériaux nutritifs. Elles s'étaient adaptées à un milieu social, elles y vivaient ensemble et en recevaient les ressources nécessaires à leur vie. Ce milieu, soit parce qu'il s'appauvrit en matériaux nutritifs, soit qu'il soit contaminé par des produits toxiques, cause, pour les cellules, l'impossibilité de continuer leur vie.

La mort cellulaire est donc une conséquence éloignée de la mort de l'individu. Celle-là n'a lieu que lorsque se rompt tout à fait la coordination des fonctions physiologiques de celui-ci.

Les êtres monocellulaires se reproduisent de trois manières : par fissiparité, par gemmiparité, ou par sporulation, précédée ou non de conjugaison.

Dès lors, dans son état libre, la cellule, qui constitue par elle seule un individu, est immortelle, hormis les cas de traumatisme, de pauvreté ou d'intoxication de son milieu, ou de violence exercée sur elle par un autre être vivant. Ces cas exceptés, la cellule ne restitue jamais au domaine des réactions non organisées les matériaux qui la composent, mais au contraire elle tend à les maintenir perpétuellement, éternellement, dans l'état organisé vivant.

Enfin, quelle que soit la manière de reproduction de l'être monocellulaire, on n'a jamais pu nulle part rencontrer son cadavre[1].

L'énergie intra-cellulaire a donc le caractère de perpétuité ou du moins de longue stabilité. Elle ne subit pas les attaques de la vieillesse, ni les effets destructeurs de l'auto-intoxication. Elle ne meurt que victime d'un désastre ou empoisonnée par les toxiques de son milieu ambiant.

Quand bien même on regarderait comme exagérées dans leurs conclusions ces deux conceptions de la matière, il est avéré toutefois que la cellule a une tendance manifeste pour la longévité, soit isolée dans les êtres monocellulaires, soit associée à plusieurs autres cellules dans le corps des métazoaires. Et cela est si vrai que les cellules survivent à la mort individuelle de l'être formé par elles.

C'est ainsi que l'on peut expliquer la grande et constante longévité de certains animaux, comme les serpents, les tortues, les sauriens, les cervidés, les éléphants, etc., sans parler du règne végétal dans lequel quelques arbres ont une vie plusieurs fois séculaire.

Devant l'éloquence de ces faits, l'étiologie des maladies constitutionnelles, avec son cachet d'exclu-

[1] Ernest Solvay et R. Petrucci. *Essai sur une théorie de la vie.*

sivité humaine, peut-elle rester debout? Pourquoi les hommes seuls ont-ils une moyenne de vie si courte ?

CHAPITRE V

Lorsqu'une bactérie pathogène envahit notre organisme, contre elle se lève alors notre armée permanente de défense. Elle est composée de très petites cellules mobiles et de grandes cellules fixes, les microphages et les macrophages : ceux-là représentent l'infanterie légère, ceux-ci sont les forteresses de guerre.

Dès que l'alarme de l'invasion est donnée, les cellules mobiles (leucocytes et globules blancs du sang) marchent à la rencontre des ennemis et engagent le combat contre eux. Le sort de la guerre peut se décider au premier abord pour l'un ou pour l'autre parti, mais quelquefois aussi la victoire reste indécise; les envahisseurs attaquent alors les grandes cellules fixes. Ils sont d'ailleurs obstinément assaillis par les leucocytes qui viennent en aide aux leurs. Si notre armée permanente de défense est victorieuse, cette victoire est solennisée par un festin dans lequel les vainqueurs dévorent les vaincus, tout comme dans l'orgie cannibalesque des guerres que se faisaient nos ancêtres les plus lointains, farouches anthropophages.

Mais si nos forces de défense sont vaincues, les ennemis s'emparent de tout le territoire conquis, ils décrètent la mise à mort de toute notre collectivité cellulaire.

Telle est la belle théorie de la phagocytose de Metchnikoff. Elle n'est point autre que l'antique *vis naturæ medicatrix* de la médecine hippocratique, vêtue à la moderne, avec toute les beautés de la science, et auréolée de la splendeur fascinante des grandeurs épiques.

Mais l'esprit d'indiscipline et de révolte est la grande tendance caractéristique et naturelle des grandes armées permanentes. Cette tendance ne peut être réfrénée qu'au moyen de forts liens d'ordre moral, social et politique. Ce sont là les facteurs de l'obéissance passive aux sévères injonctions de la contrainte.

C'est de là que procède, par analogie, la doctrine de Metchnikoff pour expliquer la cause de la grande maladie qu'est la vieillesse précoce de l'homme, avec son cortège funeste d'anéantissement, de déchéance et de douleurs.

Les microphages et les macrophages oublient peu à peu la haine qu'ils vouaient aux microbes, ils en viennent à vivre ensemble, enfin, une étroite et mutuelle camaraderie les unit, ils s'accrochent les uns aux autres par la symbiose ou l'union corps à corps.

Soit unis de cette façon, soit séparés, ils deviennent alliés et travaillent pour la même fin : c'est la destruction de l'individu par la destruction ou l'inhibition des cellules de son corps.

Ceci rappelle la guerre civile entre des tribus autochtones et étrangères, guerre dans laquelle un des belligérants s'est allié à l'ennemi pour marcher contre sa patrie.

Nos phagocytes commencent alors à saper et à dévorer nos propres cellules comme ils sapaient et dévoraient naguère les microbes envahisseurs avec lesquels ils vivent maintenant en pleine harmonie.

Les *kjœkenmœddings* ou *sambaquis* de ces sombres banquets vont s'entasser dans les scléroses, la dégénérescence des viscères, les cirrhoses, les tophus et les multiples dépôts stratifiés de notre déminéralisation, ces dépôts s'amoncellent dans les artères, les vaisseaux, les muscles, les organes, les tissus, partout.

Gastronomes diaboliques, les chromophages sont si voraces qu'ils absorbent les pigments de nos cheveux, qui, du fait, perdent leur belle couleur naturelle pour blanchir d'un albinisme forcé et déplaisant, en même temps la vigueur et la solidité de nos muscles s'affaiblissent, le coloris et le velouté de notre épiderme se ternissent, la peau se couvre de taches et de rides.

Alors se perd l'attitude droite et verticale du corps, son élégance et sa fraîcheur disparaissent avec la promptitude et la grâce des mouvements, tout dégénère sous l'évolution régressive de la déchéance qui rompt l'harmonie des lignes, la beauté des formes, les symétries de l'ensemble et, pis encore, l'épine dorsale se courbe, un tremblement convulsif agite tous les membres, sa marche devient difficile et traînée.

La mort physiologique, le doux sommeil désiré, naturel et consolateur, est remplacé par la mort pathologique qui nous vient des poisons de la civilisation, de ses vices élégants, du raffinement de son luxe, de la tyrannie dominatrice de la mode, de ses plaisirs quintessenciés qui, par la force de l'habitude, sont élevés à la hauteur de besoins irrésistibles.

Telles sont les vives impressions que nous avons sincèrement ressenties à la lecture du beau livre de Metchnikoff. Nous les communiquons à nos lecteurs pour lesquels nous les traduisons avec toute notre admiration pour l'auteur [1].

Comme on le voit, pour ce savant, la cause de la vieillesse valétudinaire et de la mort pathologique qu'elle entraîne réside dans la toxémie par infection et par auto-intoxication, toutes les deux agissant de concert.

Or, si nous ne pouvons pas admettre que les maladies, dites constitutionnelles, aient leur cause dans les toxines fabriquées par les cellules et emmagasinées dans les tissus et les viscères puisque,

[1] Elie METCHNIKOFF. *Essais optimistes.*

à cause de l'action insuffisante des émonctoires, la circulation du sang les y emporte et les y diffuse, il est aussi bien évident que nous ne pouvons accepter cette guerre d'extermination des cellules de l'organisme contre d'autres cellules du même organisme.

Ce serait en effet une lutte contraire à la nature de tous les êtres, une lutte qui serait la lutte pour la mort quand tous les êtres luttent seulement pour la vie. Cette lutte pour la vie est aveugle, instinctive, machinale, lorsque l'animal n'a pas le temps ou la cérébration suffisante pour réfléchir et agir.

Ce serait bien la lutte pour la mort, puisque les phagocytes vainqueurs ne pourraient pas jouir des avantages de la sélection naturelle ; ils mourraient finalement de faim par la pauvreté du milieu dont les produits nutritifs s'épuiseraient.

A notre avis, toute madie aiguë ou chronique est causée, en règle générale, par l'action toxique d'un germe pathogène. Ce n'est pas la diathèse qui attire le microbe, mais c'est le microbe qui produit la *diathèse*.

Bien que magistralement bâtie, la théorie de la phagocytose, comme on le voit tout d'abord, est incomplète. Elle n'explique pas, par elle seule, la défense de l'organisme dans la lutte contre ses ennemis. Beaucoup d'entre eux ne peuvent pas, à cause de leur volume, être mangés par les phagocytes, par exemple certains spores et parasites, l'ankilostome, la chique des pays tropicaux, les vers intestinaux, si petits qu'ils soient, les corps étrangers, etc. Contre de pareils envahisseurs, la phagocytose ne peut rien. Ce ne sont point des microbes et pourtant quelques-uns d'entre eux sont venimeux ou secrètent des toxines nuisibles à la santé de l'individu.

La science affirme — et la bactériologie confirme cette affirmation — que le phagocyte englobe, mange et digère le microbe. Il le tue par involution. Mais quand le microbe est vainqueur, les choses se passeront-elles de même? Le microbe mangera-t-il le leucocyte? Non, il l'attaque par les décharges de ses toxines. La symbiose permet d'attester que le leucocyte n'est pas toujours phagocyte.

Ne paraît-il pas plus raisonnable, plus vraisemblable que le leucocyte se défende, comme le fait le microbe, par les décharges de ses sécrétions? Le processus de l'offensive doit être le même que le processus de la défensive.

Quand bien même des bactériologistes éminents auraient vu, dans le champ du microscope, l'involution, l'englobement du microbe par le phagocyte, la phagocytose, par elle seule, n'explique pas sa victoire. La chimiotaxie, qui pousse les leucocytes à l'attaque, n'est ni la faim, ni la voracité, mais c'est l'instinct de la défense, c'est l'impulsion inconsciente de la conservation et du salut que l'hérédité a plantée dans la vie de tous les êtres.

De plus, tous les prisonniers des cannibales ne sont pas dévorés par eux. Le but principal des combattants, c'est la mort et la mise hors combat de l'ennemi.

La phagocytose est donc une théorie étroite, elle demande d'être complétée. Nous le ferons dans un autre chapitre. L'organisme a d'autres moyens de se défendre contre l'invasion des germes pathogènes, des parasites et des corps étrangers qui y pénètrent.

Nous en avons une preuve dans l'admirable phénomène de l'enkystation, espèce de muraille levée autour du corps étranger pour le saisir et l'immobiliser, afin qu'il ne puisse pas nuire aux fonctions physiologiques de l'individu ni les entraver.

Les viscères et les organes essentiels à la vie, comme le cœur, le cerveau, les poumons, le foie, etc., ont ainsi réussi à échapper à la mort, grâce à cette ineffable providence de la sagesse de la nature.

CHAPITRE VI

« La nature, disait Hippocrate, est constituée par le mélange du sang, de la pituite, de la bile jaune et de la bile noire. » Ce sont les quatre humeurs cardinales qui président à la santé et à la maladie.

« La santé existe essentiellement quand ces principes sont associés et dans un juste rapport de crase, de force et de quantité. Il y a maladie, au contraire, quand l'un d'eux se trouve en défaut ou en excès, ou bien isolé dans le corps, sans pouvoir se combiner avec les autres [1]. »

Telle est la théorie hippocratique des humeurs. Elle a dominé toute la médecine au cours des âges. Elle se trouve rajeunie aujourd'hui par les doctrines de Pasteur et par ce qu'on appelle une nutrition viciée, c'est-à-dire par les notions des toxines et de l'auto-intoxication.

Hippocrate, le père de la médecine, est né à Cos, en Grèce, vers l'an 460 avant Jésus-Christ. Ses théories sont donc vieilles de 2 à 3000 ans.

Esprit investigateur et scientifique, il a tracé sur le terrain solide de l'observation et de l'expérience, la vraie route à suivre pour la médecine de l'avenir. Descendant d'Asclepsios (Esculape), son école a fleuri au temps de la plus grande splendeur d'Athènes, dans le grand siècle de Périclès.

La force vitale dont il parle, sa *vis naturæ medicatrix* explique très bien le phénomène des *crises*, le rétablissement de la santé, tantôt agissant par elle seule, tantôt aidée par la médecine dans ses diverses branches.

[1] E. Boinet. *Les doctrines médicales; leur évolution.*

C'est la force vitale, au sens moderne du mot, force soumise aux lois physico-chimiques qui fait formuler à Verworn cet axiome : Psychologus nemo nisi physiologus [1].

Lorsqu'en 1839, Scheilden et Schwann eurent découvert la cellule et que Brown en eut reconnu le noyau ; quant Schutze faisant du globule sanguin une cellule eut suggéré à Wagner que l'œuf lui aussi est une cellule ; lorsque l'histologie (mot créé par Mayer) eut démontré que les organismes sont constitués par des cellules ; quand Müller, dont l'œuvre est exposée par Verworn, eut établi que la vie réside dans les éléments organiques dont la cellule est l'unité fondamentale, unité dans laquelle se réalisent les processus vitaux, il sembla que la théorie hippocratique des humeurs tombait sur le sol et s'anéantissait pour toujours.

Depuis la mort de Müller, la *physiologie générale* a pris deux directions, l'une *chimique*, l'autre *physique*. Chacune d'elles a été illuminée par de grands maîtres.

Aujourd'hui, la loi de constitution des organismes établit que la vie réside dans les éléments anatomiques de l'être vivant, elle a pour siège les cellules qui vivent dans le milieu intérieur. Et comme ce milieu intérieur est lui-même composé de myriades de cellules, qu'il est baigné par des liquides, on comprend l'expressive formule de Claude Ber-

[1] E. Boinet. *Ibid.*

nard : « Tous les êtres vivants sont aquatiques. Le siège de la vie n'est nulle part, il est partout[1]. »

Malgré les efforts qu'on a faits, on n'a pu expliquer la vie ni par des processus exclusivement chimiques, ni par des processus exclusivement physiques.

Claude Bernard a opéré la réduction de ces deux théories isolées. Il est arrivé à cette conclusion que la vie est une réaction physico-chimique opérée dans le sein de la cellule[2]. Cette réaction est plus ou moins persistante selon que l'être est monocellulaire ou polycellulaire[3].

Les excrétions et les sécrétions sont les humeurs que réalise le milieu liquide dont parle Claude Bernard, milieu qui est formé par les *ingesta* liquides et solides, transformés ou modifiés par le jeu des fonctions physiologiques.

Continuons à les appeler « humeurs » jusqu'à ce qu'un nom leur soit donné, formé du grec ou du latin, mieux adapté aux exigences de la mode.

Ce sont justement ces humeurs qui sont les armes de défense des cellules contre les attaques des microbes et des corps étrangers de toute espèce qui pénètrent dans l'organisme vivant.

On sait que dans la lutte pour l'existence ce ne sont pas toujours les plus forts qui triomphent, ce sont les mieux adaptés, les mieux doués par la

[1] E. Boinet. *Ibid.*

[2] E. Boinet. *Ibid.*

[3] R. Petrucci. *Op. cit.*

sélection naturelle, ceux qui, quoique plus faibles physiquement, possèdent néanmoins des qualités et des propriétés qui leur sont des armes puissantes pour leur défense, tel est le venin des serpents et de quelques insectes.

Quand les cellules sont attaquées par des microbes, elles réagissent chimiquement en les enveloppant de leurs sécrétions toxiques. A leur tour, les microbes se comportent de même, ils jettent leurs toxines contre les cellules. Les deux toxines se mélangent alors et deviennent, dans le laboratoire de l'organisme, proportionnellement à leurs quantités et à leurs qualités, une seule substance, nuisible ou fatale seulement aux cellules ou seulement aux microbes. De là, la victoire ou la défaite ou des germes envahisseurs ou de l'organisme envahi. Cet état d'innocivité pourrait bien expliquer le phénomène de l'immunité de certains individus à l'égard de certaines infections.

D'autre part, dans le vaste domaine des maladies dites de nutrition ralentie, attribuées à diverses diathèses, les toxines des cellules, associées, en proportions variables, tantôt directes, tantôt inverses, selon la moindre ou plus grande fécondité de leurs sources productrices, aux toxines des microbes, tomberaient dans le liquide qui baigne les cellules en les saturant complètement ou partiellement.

Nous aurions de ce fait le phénomène chimique des cristallisations qui peuvent donner la raison d'être des lithiases urique et biliaire, des tophus et des nodosités arthritiques, etc., véritables cristaux par saturation complète. Elles expliqueraient aussi les cirrhoses, les scléroses, les kystes, les néoplasies, les hypertrophies, etc. Celles-ci seraient le résultat d'une saturation incomplète du liquide qui baigne les organes, les tissus ou les vaisseaux atteints par ces transformations morbides.

Ces dépôts sédimentaires de la cholestérine, des phosphates calcaires et des autres minéraux qui figurent dans la composition du corps humain sont produits aux dépens de la déminéralisation de nos propres éléments histologiques. Cette déminéralisation compromet la vie des cellules soit que ces éléments s'éliminent en dissolution ou non dissous, soit enfin qu'ils demeurent dans notre milieu intérieur sous forme de sels ou concrétions, produisant une action mécanique ou chimique comme des corps étrangers ou des toxiques, ils entravent, ou dépravent l'exercice normal des fonctions physiologiques.

N'expliquerait-on pas mieux ainsi les toxémies et la défense que l'organisme exerce contre elles, sans recouvrir à la création de diathèses métaphysiques, sans instituer le suicide des cellules au moyen de leurs propres sécrétions toxiques ?

Le processus de défense, basé sur la *vis naturæ medicatrix* de la vieille théorie hippocratique interprétée à la lumière de la science moderne, n'est-il pas plus vraisemblable, plus logique, plus naturel que l'hypothèse bizarre d'une lutte corps à corps entre les microbes et les cellules, qui finit par l'absorption des microbes par les cellules ?

Cette théorie, si belle, si attrayante qu'elle soit, ne peut pas rendre compte de tout le *processus* de la défense organique.

Hypothèse pour hypothèse, la nôtre n'est-elle pas plus plausible, plus acceptable ? En tout cas, la nôtre peut compléter celle du maître.

La physique pénétrera de plus en plus dans les arcanes de la matière pour en mieux saisir la force naturelle, l'énergie intra-atomique des corps. La chimie arrivera à des connaissances plus nettes sur l'action des humeurs vitales. La physiologie et la bactériologie, orientées par les méthodes de Claude Bernard et de Pasteur, mais faussées par l'obnubilation de l'enthousiasme suscité par les découvertes de ces grands maîtres, se réveilleront de leur éblouissement pour redresser leurs erreurs et évoluer vers la lumière.

Alors, nous en sommes certain, nos idées, nos expérimentations mentales, nos hypothèses recevront leur démonstration et leur sanction scientifique.

Des rêves, tout cela, dira-t-on, et des utopies.

Ce ne sont point des rêves, ce ne sont point des utopies, ce sont nos espérances qui s'envolent toujours vers l'avenir,... en recherche de la vérité.

CHAPITRE VII

Maladies incurables ! Lemme de la routine, formule anti-scientifique de la paresse mentale qui s'accroche à la loi du moindre effort où à la phobie des recherches sur des lois naturelles inconnues. La routine, disons-le franchement, c'est la stagnation au milieu de l'éternelle agitation de la vie.

Maladies incurables ! Dogme absurde de l'ignorance humaine. L'arthritique est un condamné : il lui est impossible de se délivrer du fléau de la diathèse ; cette diathèse le torturera irrémédiablement pendant toute sa vie, pour en finir elle le tuera par l'intermédiaire d'un bandit quelconque appartenant à sa grande et puissante famille morbide.

Est-ce qu'il existe vraiment un type clinique de l'arthritique ?

Tout ce que nous avons étudié, tout ce que nous avons observé nous fait croire que ce type est aussi métaphysique, aussi hypothétique, aussi insoutenable que l'est, en anthropologie criminelle, le type physique du criminel-né.

« L'arthritique, dit Bouchard, garde les apparences d'une bonne santé ; ses joues sont roses, ses chairs sont abondantes, il a une tendance naturelle à l'embonpoint qui devient, chez quelques-uns d'entre eux, de l'obésité, cependant une calvitie précoce est provoquée chez lui par la *pityriasis capitis* ou par l'atrophie des follicules pileux[1]. »

« Le rhumatisme et la goutte, dit Monin, sont, en effet, comme l'observe très bien Pidoux, deux rameaux nés d'un seul tronc commun. Ce tronc commun est l'état constitutionnel dénommé *arthritis*. Le mal peut rester longtemps à l'état latent. L'arthritique est un individu qui présente d'ordinaire toutes les apparences extérieures de la santé : un beau teint, une face pleine, une certaine tendance à l'obésité générale. Sa peau s'humecte aisément, ses cheveux commencent à tomber de bonne heure, etc.[2] ».

La calvitie constitue donc l'un des types cliniques par lesquels se décèle la grande diathèse arthritique, avec sa symptomatologie d'ailleurs fort complexe. Elle n'est pas pourtant le type unique parce que tout arthritique n'est pas chauve, mais c'est un type bien défini, parce que tout chauve est arthritique, en règle générale.

Mais pour devenir chauve, il faut le concours de deux facteurs, agissant à la fois : le vice constitutionnel et l'habitude du chapeau.

Quoi qu'il en soit, tout chauve est arthritique : cela nous suffit.

1 Bouchard. *Les maladies par ralentissement de la nutrition.*

2 E. Monin. *L'hygiène des riches.*

Or, le nombre des chauves est considérable dans les diverses nations du monde. Néanmoins un grand nombre d'entre eux jouissent d'une robuste santé jusqu'à une vieillesse avancée, sans avoir subi d'autre mal que la gêne et la honte d'exposer leur chef dépouillé de sa plus belle parure aux yeux de tout le monde et aux épigrammes mordantes de la critique féminine.

Ce n'est pas tout : tous les chauves ont une basse température, ils suent souvent et aisément, beaucoup d'entre eux sont obèses, parce qu'ils mènent une vie sédentaire et sont gros mangeurs autant que gros buveurs.

Mais y a-t-il alors un type arthritique bien caractérisé, de nutrition ralentie, qui ne parcourt pas toutes les étapes classiques, morbides et évolutives, de la diathèse ?

Si ce type existe, il faut convenir que du moins pour un grand nombre d'arthritiques, la diathèse est tout à fait compatible avec la santé. Pourtant nous ne comprenons pas bien comment un vice constitutionnel, qui trouble les mutations organiques, peut coexister avec la santé, puisque la santé résulte d'un juste équilibre entre l'endosmose et l'exosmose.

Cela se peut, car l'arthritique n'est encore qu'aux frontières de la maladie, selon J. Héricourt [1].

Cela se peut, car Jules Gérard affirmait, bien

[1] J. Héricourt. *Les frontières de la maladie.*

auparavant, que la diathèse peut persister longtemps à l'état latent, elle attend seulement l'occasion d'un cas fortuit ou le hasard d'un coup de vent pour éclater [1].

Mais il est certain que cette occasion ou ce hasard-là ne se présente jamais pour des milliers d'arthritiques.

Prenons maintenant un asthmatique, un migraineux. L'asthme et la migraine sont positivement des maladies constitutionnelles de la nutrition ralentie, d'après la théorie courante.

Or les cas de guérison complète de l'asthme et de la migraine ne sont pas rares, soit que cette cure soit réalisée par l'usage de médicaments, soit par un changement de climat, soit spontanément; et les malades ainsi guéris ne deviennent point de ce fait sujets d'une autre maladie quelconque.

La dyspepsie chronique, par exemple, qui semble être le début de la diathèse bradytrophique, guérit souvent complètement, malgré l'affirmation contraire de Robin, mais souvent aussi elle accompagne l'individu pendant toute sa vie sans passer ou évoluer vers d'autres maladies de la famille morbide de l'arthritisme.

Il en est de même des hémorrhoïdes sur l'étiologie desquelles tous les auteurs sont d'accord. Elles naissent de la diathèse arthritique. Cependant les individus, atteints de cette maladie, gué-

[1] Jules GÉRARD. *La grande névrose.*

rissent souvent avec ou sans intervention chirurgicale, ceux qui ne guérissent pas ne subissent dans leur santé générale que quelques douleurs, de légers étourdissements, et de temps en temps, perdent un flux de sang.

Nous pourrions encore citer l'obésité, maladie essentiellement de nutrition ralentie par insuffisance de la combustion des matières grasses qui s'entassent dans les réseaux des tissus.

Mais combien d'obèses se portent tout à fait bien, sans autre malaise que la rotondité de leur ventre, le taux exagéré de leur poids et leur fatigue à la marche, tout cela s'unissant au chagrin que leur cause la laideur de leur difformité personnelle. Toutefois, plusieurs guérissent ainsi avec ou sans le secours de la médecine.

Il y a donc des cas typiques de maladies de nutrition ralentie qui restent stationnaires, qui sont parfaitement compatibles avec la santé ou qui guérissent sans évoluer ni se transformer en d'autres types plus graves de la même diathèse.

Or, la théorie dominante de l'auto-intoxication ne peut expliquer ces cas, parce que tout d'abord elle affirme que la diathèse est incurable, et qu'ensuite, lorsqu'il existe un trouble des fonctions nutritives de quelques viscères ou de quelques organes, ce trouble-là a son retentissement dans tout l'organisme : il ne se limite pas à agir seulement dans l'aire circonscrite où il a commencé.

Nous avons rapporté des faits de guérisons

radicales de maladies dites constitutionnelles, des faits d'arrêt ou de stationnement de ces maladies qui alors ne nuisent en rien à la santé de l'individu.

La tuberculose même, car elle aussi est une diathèse (diathèse consomptive provenant d'une infection !) guérit souvent, dans la plupart des cas, sans nul traitement médical ; il arrive même que des tuberculeux guérissent sans avoir pu soupçonner qu'ils aient été tuberculeux un jour !

Une statistique, d'ailleurs bien incomplète encore mais appuyée sur des données très significatives, une statistique d'autopsies faites sur les cadavres de personnes mortes par d'autres maladies, conduit J. Héricourt à cette conclusion :

« La grande majorité des habitants des grandes villes est sortie victorieuse, sans le soupçonner, de sa première rencontre avec ce fléau, cette lèpre moderne, qui attaque tout le monde, mais très peu de personnes meurent, eu égard au nombre des personnes attaquées [1]. »

C'est donc une diathèse de plus qui n'est pas incurable. Elle attaque des populations entières, mais elle ne fait proportionnellement qu'un très petit nombre de victimes.

Mais revenons à la diathèse bradytrophique, à la diathèse arthritique, avec son mythe consacré : l'auto-intoxication.

[1] J. HÉRICOURT. *Op. cit.*

« Nous assistons à présent, dit le professeur Boinet, à la faillite de certaines diathèses. Les diathèses syphilitique et tuberculeuse sont de vraies infections. Les scrofules ne sont que la tuberculose locale atténuée. Le rhumatisme aigu tout aussi bien que le rhumatisme infectieux sont œuvre de microbes. La diathèse cancéreuse ne se maintiendra telle que jusqu'au jour, très prochain sans doute, où l'on découvrira l'élément infectieux pathogène du cancer.

Que reste-t-il donc de ces diathèses, objet de tant de discussions, triomphe de la médecine spéculative, synthétisées dans l'arthritisme, type des maladies causées par un trouble de la nutrition, maladies si bien étudiées par Bouchard, dans *Les maladies par ralentissement de la nutrition*, et dans les scrofules ?

Les scrofules, produits de tares héréditaires (intoxications chroniques, syphilis, alcoolisme, tuberculose), sont une diathèse de déchéance et conduisent à la tuberculose. L'arthritisme, auquel on doit joindre l'herpétisme, est plutôt le propre des classes élevées : c'est un mauvais terrain pour la tuberculose qui, ne s'y pouvant pas bien développer, évolue peu à peu et prend la forme scléreuse[1].

Tandis que nous nous refusons l'existence aux diathèses, l'illustre professeur, au lieu de les

[1] E. Boinet. *Les doctrines médicales, leur évolution.*

affirmer, incline déjà à demi vers notre opinion et dénonce la faillite de certaines d'entre elles. Insolvables, sans crédit sur la place, elles sont toutes depuis longtemps faillies. Leur masse ne suffit pas à payer les enquêtes et les bilans des syndics. Si elles font encore quelques opérations de crédit, c'est avec l'endos de Bouchard, de Robin, de Dieulafoy, de A. Gautier, de J. Héricourt et d'autres illustres savants d'universelle renommée.

Les toxines du bacille de Koch, nous l'avons vu, rencontrent une telle résistance dans les humeurs de l'organisme des arthritiques et s'y heurtent à une telle réaction, que leur incorporation avec elles, au lieu de produire la tuberculose, engendre la sclérose.

Mais l'évolution fibro-scléreuse elle-même n'est-elle pas un processus naturel de cure de la tuberculose ?

Ne paraît-elle pas bien évidente notre théorie des cristallisations par saturation d'humeurs dans la lutte engagée entre les microbes et nos cellules ?

Maladies incurables ! Arrêt de mort porté contre tous nos espoirs, arrêt attentatoire à la sagesse toute-puissante des lois naturelles qui régissent la matière dans ses merveilleuses transformations chimiques et dans la puissante action énergétique de ses manifestations physiques au dedans de la vie des cellules, des molécules, des atomes, des ions et des électrons qui peuplent les corps !

CHAPITRE VIII

Depuis que des mains de Claude Bernard la physiologie est sortie reconstituée, transformée, portant sur elle le cachet de la véritable science expérimentale dont il l'a scellée, on peut dire qu'elle résume toute la médecine puisqu'elle explique tous les phénomènes de la santé et des maladies.

Depuis que Pasteur, découvrant dans le monde des infiniment petits les micro-organismes pathogènes, a créé la bactériologie pour les isoler et les cultiver, on a aussi dévoilé et expliqué l'étiologie des maladies infectieuses.

Mais quelles sont les maladies infectieuses et quelles sont les maladies qui ne le sont pas ?

Les grands maîtres, les flambeaux de la science, ont divisé et partagé le vaste champ des maladies humaines en deux grandes aires géodésiques, avec, pour les espèces, des subdivisions respectives. Ce travail fait, ils ont, sur ces territoires, planté des bornes de séparation, les devises de leur autorité souveraine, et ils ont décrété : cette aire-ci appartient aux maladies infectieuses, cette aire-là aux maladies non infectieuses.

Le procès de cette division et de cette démarcation fut jugé par sentence et cette sentence est devenue chose jugée. Or donc on ne peut pas avoir affaire avec les microbes sur le terrain des maladies constitutionnelles, on ne peut non plus traiter avec les diathèses quand on est sur le territoire réservé aux maladies infectieuses. Regarder la tuberculose comme une diathèse consomptive ou le cancer comme une infection, c'est déjà commettre une violation de territoire.

Maïs une telle division est tout à fait arbitraire et essentiellement dogmatique : son importance est née d'une suggestion comme il arrive dans l'hypnose.

Sur le parquet, avec un morceau de craie, l'opérateur trace un carré autour du sujet. Il lui assure avec toute son autorité qu'il ne peut en sortir, car il est enfermé, les quatre lignes du carré sont les quatre murailles de sa geôle.

Plusieurs éléments entrent en jeu pour faire accepter une croyance. D'abord, l'autorité du maître qui enseigne, qui explique, puis la suggestibilité chez les élèves, enfin la propagation de la doctrine par la contagion et la foi.

Ces facteurs donnés, s'organise naturellement la communion des adeptes ou des fidèles orthodoxes pour défendre les lois du livre sacré reçu des mains du maître et pour en faire respecter les canons. Comme sanction pénale contre celui qui n'observe pas et ne garde pas la doctrine reçue, l'anathème est mis en œuvre : on l'inflige aux hérétiques. Outre cela la dictature tyrannique de la mode, la peur de la critique implacable s'abattent sur l'infidèle, eût-il l'envergure morale et intellectuelle d'un Galilée.

Tous les réformateurs, tous les créateurs de théories sont des révolutionnaires. En règle générale, ils payent très cher le tribut de leur audace et de leur indiscipline. Mais s'ils atteignent à la victoire, leur gouvernement devient aussi despotique que celui des lois qu'ils ont révoquées ou réformées. Ceci est un fait très commun dans les annales de la vie des peuples.

Pasteur n'avait pas encore pu découvrir le mécanisme de la résistance de l'organisme aux invasions microbiennes quand, pour l'expliquer, Metchnikoff, son élève, publia son épopée de la phagocytose.

Ce fut le couronnement de la doctrine, dit Boinet.

Il en avait été de même, dans le champ de la physiologie expérimentale, pour les remarquables recherches de Claude Bernard. Son élève, Bouchard, a systématisé, codifié ses doctrines. Il fut à Claude Bernard ce que Metchnikoff a été à Pasteur.

Et maintenant... *nec plus ultra.* Tout est parfait et fini. Plus un pas désormais au delà des limites tracées. Tout s'explique avec les lois codifiées, on leur donne toute l'élasticité qu'exigent les difficultés des cas émergents. L'herméneutique fait des miracles de multiplication et de soustraction, d'adaptation et de sélection. Aux rebelles, *anathema sit*, sans compter les autres peines qu'ils auront encourues.

Combien de temps durera cette dictature inquisitoriale, cet état de siège qui suspend toutes nos garanties contre les diathèses ?

Et notre temps se nomme le siècle des libertés, du progrès, de la tolérance, de l'initiative individuelle, du droit et de la raison qu'une culture intellectuelle avancée éclaire et dirige !

On sait qu'à côté des microbes pathogènes, existent les microbes « sanigènes » qui collaborent avec nous dans l'exercice de nos fonctions physiologiques [1].

Mais les microbes sanigènes sont les saprophytes. Leur tâche est de maintenir notre état de santé. Ils créent ou produisent les conditions nécessaires à cette fin.

La plupart d'entre eux ne jouent heureusement aucun rôle dans les maladies de l'homme et des animaux : ils interviennent de diverses façons dans les phénomènes de *fermentation* et de *putréfaction*. Le résultat final de ces opérations est de réduire les substances à un état simple de combinaison chimique, aussi occupent-elles une place importante dans la vie de la matière.

[1] Qu'on nous pardonne le néologisme « sanigène ». Nous aussi nous voulons adapter le latin à nos usages !

Les microbes saprophytes sont, selon Duclaux, non seulement les êtres les plus indispensables à notre existence, mais encore les grands facteurs de l'hygiène publique.

A côté des saprophytes, il y en a un petit nombre d'autres qui, en vertu d'une adaptation spéciale, transitoire chez quelques-uns, chez d'autres définitive, exercent leur action non seulement sur les matériaux des déjets, mais encore sur les organismes les plus élevés. Ils deviennent ainsi, pour ces êtres supérieurs, de véritables agents de maladies et de mort.

Avant d'être victime des microbes, notre corps en est l'habitat. Ils y vivent à l'état de parasitisme latent, soit dans les muqueuses, soit dans certains organes, comme les amygdales et les ganglions lymphatiques.

Notre tube digestif en contient 411 millions environ.

Les microbes pathogènes se divisent en agents spécifiques et en agents non spécifiques. Les premiers sont ceux de la fièvre typhoïde, du charbon, de la tuberculose, etc., les autres sont aptes à tout, au bien comme au mal, ce sont les *microbes à tout faire*, de Peter.

Pathogènes et sanigènes, les microbes emploient les mêmes procédés pour détruire les composés organiques complexes et les réduire, par des mutations, à un état chimique plus simple. Mais parce que les premiers ont une action plus énergique et plus violente, ils peuvent, de ce fait, attaquer la matière même lorsqu'elle est en pleine activité. De là les maux qu'ils causent[1].

Morphologiquement, les microbes se montrent sous trois formes génériques : la forme ronde des *micrococcus*, la forme longue des bacilles et la forme courbe des vibrions. Mais, dans certaines conditions, ces formes varient beaucoup. Aussi est-il très difficile de reconnaître quelquefois les espèces soumises à l'étude[2].

Au point de vue clinique, la difficulté n'est pas moindre. Il y a en effet des états morbides, des maladies dont la symptomatologie est très différente et qui pourtant n'ont pour cause qu'un seul et même microbe, comme J. Héricourt et Boinet l'ont constaté.

La bactériologie ne doit pas se borner à découvrir et à isoler les microbes spécifiques qui pullulent dans la sphère assignée aux maladies infectieuses. Elle doit renverser les murailles de craie qui l'emprisonnent et porter ses domaines jusque sur le territoire féodal des diathèses pour livrer un combat décisif aux maladies constitutionnelles et aux grandes névroses qui affligent l'humanité.

Alors, des creusets des laboratoires, des bouillons de culture, des réactions expérimentales des mélanges de corps chimiques sortiront isolés,

[1] E. BOINET. *Les doctrines médicales, leur évolution.*

[2] *Ibid.*

saisis, démasqués, les microbes de l'asthme, de l'épilepsie, de la neurasthénie, de la goutte, de la migraine, du cancer, des scléroses, des cirrhoses, des hypertrophies, des dégénérescences, des néoplasies en général.

Qui sait si une seule bactérie, un seul germe pathogène, déjà connu comme agent pour d'autres infections, ne sera pas reconnu pour être la cause de nombreuses maladies différentes ?

Si la route, jusqu'à ce jour suivie, n'a conduit à aucun succès, pourquoi donc continuer de la suivre? Qu'a-t-on obtenu de la thérapeutique de la goutte ? Que font les alcalins, les dissolvants — qui ne dissolvent rien — de l'acide urique et des urates ? La fièvre même du goutteux est une meilleure thérapeutique. Cette réaction de la *vis naturæ medicatrix* fait fondre, par combustion, les concrétions insolubles de l'acide urique entassées dans le gros orteil.

L'action du bicarbonate de soude, des sels de lithium, de tous les dissolvants modernes, ayant une renommée universelle et des dénominations suggestives, empruntées qu'elles sont au grec et au latin, trouvés pour rétablir l'alcalinité troublée du sang, est une action toute problématique.

Mais, admettons-le, que de pareils remèdes dissolvent quelques concrétions, qu'ils neutralisent quelques fermentations, qu'ils annulent quelque toxémie, la cause morbigène reste debout, inconnue, inabordable, comme une cause dont l'action tend à troubler perpétuellement l'alcalinité salutaire du sang. Les accès de goutte, d'asthme, d'épilepsie, de migraine reviendront périodiquement, avec opiniâtreté, et les pauvres malades continueront à les subir indéfiniment. Ils prendront des remèdes toute leur vie, et toute leur vie ils se démineraliseront lentement, continuellement, jusqu'à la mort!

La médecine prétend suppléer ou compenser ces pertes en introduisant dans l'organisme, sous diverses formes thérapeutiques, les différentes substances minérales que la maladie lui a enlevées.

Mais comment ces substances se fixeront-elles dans les éléments histologiques quand l'action morbigène d'un facteur inconnu les en désagrège sans trêve, quand ce facteur inconnu agit obstinément sur le ou les organes qui fabriquent ou règlent ces substances?

Si on ne découvre point cet agent morbigène pour l'attaquer et le supprimer, toutes les tentatives de réminéralisation sont vouées à l'échec. C'est le cas du marchand de vin qui voulait maintenir toujours plein un tonneau qui fuyait. Pour cela il y introduisait bien de nouvelles et de nouvelles quantités du même liquide, quand il aurait dû, avant tout, se préoccuper de rechercher et de trouver le lieu de la fuite pour faire tarir la source des pertes.

CHAPITRE IX

Nous avons la conviction que l'asthme est une maladie infectieuse, d'intoxication chronique qui se manifeste périodiquement par des crises aiguës et des accès. Il en est de même de la goutte, de l'épilepsie, de la migraine. Elles sont, elles aussi, l'œuvre de germes pathogènes non soupçonnés, mais peut-être bien connus.

Pour atteindre plus vite au but que nous visons, posons d'abord cette hypothèse : l'asthme est une tuberculose atténuée, localisée principalement dans la région naso-pharyngienne ou dans les ganglions du médiastin. Dans le premier cas, on aurait l'asthme dit *nasal*, dans le second, l'asthme est appelé *essentiel*.

Les accès de l'asthme s'expliqueraient par l'effet de décharges périodiques de toxines emmagasinées dans le foyer asthmatique et retentissant sur le système nerveux par une action inhibitoire sur les fonctions de la respiration. Cette action intéresserait le grand sympathique, le pneumo-gastrique, le diaphragme.

Peu nous importe que l'asthme soit placé dans le cadre des névroses. Les névroses, aussi bien les petites que les grandes ont une cause commune :

la toxémie. Nous n'en exceptons point les épouvantables fantômes de la neurasthénie et de l'épuisement nerveux.

La tuberculose rencontre dans l'asthmatique un terrain peu convenable à son développement et à son extension. Ce n'est pas parce que l'asthmatique est arthritique, mais c'est parce que ses humeurs sont déjà saturées par les toxines d'un autre microbe antidote, si nous pouvons nous exprimer ainsi, ou du moins, saturées par le virus même de la tuberculose. Telle est probablement la cause d'un grand nombre de maladies dites constitutionnelles, sinon de toutes.

Mais l'asthmatique parfois finit tuberculeux, comme le vacciné avec la lymphe de Jenner contracte exceptionnellement la variole et en meurt. La cause en est la plus ou moins longue durée de l'immunité acquise.

Les accès d'asthme, on l'a remarqué, sont en règle générale précédés des symptômes d'un rhume : baillements, éternuements, coryza, étourdissements, malaises, langueur, etc. Quelques auteurs ont même, à cause de la fréquence du coryza et des éternuments précurseurs des accès, prétendu déterminer par eux le siège nasal de l'asthme.

C'était un premier pas fait, inconsciemment, mais pourtant d'une manière ferme, pour déterminer le terrain où l'on trouverait le foyer de l'asthme. On pensait déjà à un asthme nasal.

On a observé toujours que les candidats à l'asthme, avant l'explosion de leur premier accès, ont eu à subir des engorgements chroniques des ganglions du cou, des sous-maxillaires, des parotides, des amygdales. C'est ce que les anciens appelaient le vice scrofuleux ou écrouelleux des tempéraments lymphatiques.

Nul des individus prédisposés à l'asthme ne respire bien par le nez. Très peu d'entre eux n'ont pas de végétations nasales ou polypes qui persistent même après l'accès manifesté de l'asthme.

La coexistence de l'asthme avec les végétations naso-pharyngiennes a porté quelques médecins à recourir à l'intervention chirurgicale, qui produit d'ailleurs un heureux résultat. Si la guérison n'est pas toujours définitive, du moins les malades sont longtemps sans avoir à subir de nouveaux accès. Cette opération consiste le plus souvent dans l'extraction des végétations mais plus récemment on s'est mis à pratiquer l'ablation des amygdales et des cartouches, la résection du septum et le raclage du cavum.

La récidive de l'asthme après les opérations chirurgicales s'explique facilement par ce fait qu'on n'a pu arriver à la suppression complète du foyer asthmatique, il suffit en effet d'une petite quantité de germes survivants pour former un nouveau foyer d'infection.

Eh bien, toute cette symptomatologie, tout ce cortège de phénomènes morbides qui précèdent la première manifestation de l'asthme chez ceux qui y sont prédisposés sont aussi fort communs, en tant qu'avis prémonitoires, chez les candidats à la tuberculose. Dans la tuberculose pulmonaire déclarée, on observe, et le fait n'est pas rare, ces végétations naso-pharyngiennes qui sont de règle dans la tuberculose du larynx. Il y a donc dans ce fait un lien étroit entre l'asthme et la tuberculose.

Les investigations de W. Meyer, de Copenhague, sur la nature de l'hypertrophie de l'amygdale pharyngienne qu'il désigna, dès 1873, sous la dénomination de *végétations adénoïdes*, ont été le point de départ d'observations plus attentives qui en sont arrivées bien rapidement à modifier l'opinion médicale sur la question des hypertrophies amygdaliennes et de leur nature.

L'hypertrophie de l'amygdale palatine, fait bien observé, accompagne très souvent et même dans le plus grand nombre des cas, celle de l'amygdale pharyngienne. Aussi a-t-on bientôt commencé à mettre en doute la nature bénigne purement inflammatoire de ce *processus*.

On a remarqué, en effet, que la plupart des symptômes dont l'ensemble constitue ce que l'on désigne par l'appellation de *scrofules*, se rencontrent chez les individus porteurs d'hypertrophies amygdaliennes et surtout de végétations adénoïdes.

En même temps, l'explication des scrofules par un soi-disant lymphatisme était remplacée par la démonstration de la nature tuberculeuse des lésions nommées scrofuleuses. Les poly-adénites observées chez les enfants sains en apparence étaient reconnu à leur tour comme des lésions tuberculeuses.

Les choses étant ainsi, on s'est demandé si l'hypertrophie du tissu lymphoïde du pharynx et du naso-pharynx ne serait pas, elle aussi, une manifestation de la tuberculose latente.

Pour répondre à cette question, Dieulafoy a fait des expériences qui ont démontré clairement la nature tuberculeuse des hypertrophies amygdaliennes. Il a inoculé des cobayes avec des fragments d'amygdales palatines et pharyngiennes hypertrophiées, provenant d'ailleurs d'individus sains apparemment, ne présentant rien autre d'anormal que cette hypertrophie des amygdales. Par ces inoculations, Dieulafoy a obtenu une fois sur quatre environ, la tuberculisation de ces animaux[1].

Pourquoi, si l'asthme suit la même marche évolutive, ne pas faire les mêmes expériences avec les amygdales et les végétations adénoïdes des asthmatiques?

C'est parce que l'asthme est emprisonné dans l'aire aux limites tracées par les dictateurs de la science pour y enfermer les maladies de nutrition ralentie, maladies avec lesquelles la bactériologie n'a rien à faire, d'après leur opinion.

[1] J. Héricourt. *Les frontières de la maladie.*

C'est un décret intangible, c'est un dogme absolu que seuls peuvent détruire des esprits révolutionnaires lorsqu'ils ont l'athlétique envergure de Galilée ou de Newton, de Képler ou de Darwin.

De tels esprits viendront bientôt au secours de l'humanité, ils éclaireront la médecine égarée, ils détrôneront le fléau des diathèses tyranniques et implacables que, dans toute leur nudité et leur horreur, a stéréotypées Émile Zola dans l'*Histoire d'une famille sous le second Empire*, la *famille Rougon-Macquart*.

Si l'asthme n'est pas une tuberculose, et tout nous porte à croire qu'il le soit, il aura sa cause dans un autre germe ou microbe qu'il faut étudier, isoler, éliminer. Mais il faudrait commencer par démontrer, à la lumière des expériences et des observations scientifiques, qu'il n'est pas tuberculose. *Res non verba.*

Trousseau, qui lui aussi était asthmatique, a fait sa dernière leçon de clinique médicale à l'aurore du siècle de Pasteur, à cette époque où tous les esprits émerveillés se tournaient vers les admirables découvertes de celui-ci. Or, Trousseau recommandait déjà, dans l'asthme, l'iodure de potassium et l'ipéca, ce dernier comme vomitif.

Qu'on veuille bien réfléchir à l'action des iodés et des vomitifs, des purgatifs et des lavages comme antiseptiques et comme éliminateurs des toxines microbiennes. Que l'on remarque aussi l'action des iodés, du goudron, de la créosote dans la tuberculose. Et puis que l'on compare leur effet dans l'asthme.

Comment, sans faire violence à l'herméneutique, expliquer l'action manifeste et incontestable des inhalations du stramoine (datura stramonium), du *cannabis indica*, de la pyridine, de la térébenthine, dans les accès d'asthme, puisque de telles substances sont si fortement irritantes ?

Que la science jette donc ses regards vers cette route nouvelle, qu'elle abandonne le sentier antique où jusqu'à ce jour sans profit elle a marché, car ce sentier-là aboutira à la barrière insurmontable de l'impossible.

Qu'elle change de voie dans l'étude des névroses, de l'épilepsie, de la migraine, de l'asthme, de la goutte, de la dyspepsie, des dermatoses et de tous les membres de la grande famille de l'arthritisme.

Combien intéressante serait l'étude bactériologique de l'herpétisme, lié si étroitement aux maladies nommées de diathèse bradytrophique! L'étiologie de ces maladies, à cause des révélations de la chimie et de la physique des laboratoires, recevrait comme un nouveau baptême. La difficile question c'est de commencer à lever le voile qui recouvre la cause mystérieuse de la diathèse. Il faut que la bactériologie entre résolument dans ce terrain.

On n'avance dans le champ de la science qu'en doutant d'abord de tout, qu'en formulant des hypothèses que l'on éprouvera au creuset des recherches, des expérimentations et des observations sans trêve et sans relâche.

Ces idées pourront paraître paradoxales, absurdes même, car elles heurtent de front toutes les lois et les décrets des maîtres. Mais elles ne le sont point. Le fussent-elles, qu'elles apporteraient quand même un grand secours à la cause de la vérité. La vérité jaillit souvent du choc des paradoxes et des erreurs, se heurtant à la logique naturelle des connaissances que l'observation et l'expérience emmagasinent dans le cerveau.

C'est à force d'analyse et de synthèses, de déductions et d'inductions, c'est par l'abstraction et la comparaison, par la généralisation d'idées et de phénomènes étalonnés par des expérimentations mentales et pratiques, préalablement réalisées, qu'on arrivera à la détermination positive d'une erreur et, du coup, à la justification d'une vérité scientifique.

CHAPITRE X

La toxémie microbienne est la cause de presque toutes les maladies. Cette hypothèse sera la vérité de demain, tant est grande la force des éléments sur lesquels elle repose. C'est vers ce point que doit converger toute l'activité des investigateurs. Ils doivent s'armer de connaissances nécessaires relatives à la manière d'être, à la vie, aux us et coutumes, à la nature et à l'espèce des microbes pathogènes et sanigènes en tant qu'agents spécifiques ou non des maladies, à la cause de l'adaptation définitive ou transitoire des saprophytes à la vie pathogénique, etc.

Les maladies mentales elles-mêmes, simplement psychiques, provenant d'une passion ou d'une émotion violente de l'esprit, sont explorées par les microbes. Ils en profitent pour s'immiscer dans les fonctions de la vie cellulaire que trouble déjà l'ébranlement des grands centres nerveux, ébranlement qui retentit funestement sur notre meilleur organe de défense : le foie, par un excès de cholestérine produite par la désassimilation du tissu nerveux. C'est la cholestérémie d'Austin Flint [1].

Alors la porte est ouverte aux germes pathogènes. On peut affirmer que trouvant les centres nerveux déprimés déjà par la commotion, ils les attaquent aisément avec les décharges de leurs toxines. D'où cette conclusion : les psychopathies provenant de ce *processus* sont plus ou moins intenses selon la virulence plus grande ou moindre de l'infection. Cette infection est en raison directe

[1] E. Monin. *L'hygiène des riches.*

de la dépression, et en raison inverse de la résistance de l'organisme.

Déjà Galien, selon Monin, prétendait que les hypocondres malades envoyaient au cerveau le poison de l'*atrabile*, si nuisible aux centres nerveux.

Quoi qu'il en soit, il est constaté, toutefois, qu'il y a un rapport étroit entre les émotions violentes et les désordres hépatiques.

Si le microbe n'est pas la cause efficiente des maladies nerveuses et mentales, il est du moins la cause déterminante de leur ténacité et de leur chronicité. Nous ne parlons point du ramollissement du cerveau, des scléroses, de la gomme ou syphilome cérébral qui provient du spirille de la syphilis (spirocheta pallida) ou du bacille de la tuberculose, toutes ces infections étant par elles-mêmes suffisantes à engendrer des psychopathies graves.

Toutes les maladies ou lésions des centres nerveux, qui ne proviennent pas de traumatismes ni de difformités organiques inhibitoires des fonctions physiologiques, sont causées ou entretenues par des microbes.

Qu'est-ce donc que l'épuisement nerveux, que le surmenage, sinon le sourd travail de démolition entrepris par les microbes qui profitent de la chute de nos énergies en un moment donné, pour empoisonner notre grande et notre petite circulation par une invasion brusque quelquefois ?

On ne peut comprendre autrement cet état matériel d'épuisement que le sommeil souvent répare, la physiologie du sommeil étant encore d'ailleurs tout à fait inconnue[1].

Quelques heures de sommeil suffisent, on le sait, à rétablir les forces affaiblies par de grandes fatigues physiques et mentales. Mais si le sommeil ne suffit plus, comme repos, pour guérir le mal, ou si on ne parvient pas à maîtriser l'état de veille, on doit chercher la cause déterminante de cet état dans la toxémie microbienne des névroses qui, évoluant vers la neurasthénie de Beard, aboutissent aux psychopathies les plus intenses.

Un organisme fort, en pleine vigueur physique, résiste avantageusement aux heurts des émotions et des passions ; tandis que la débilité des éléments anatomiques fait tomber les énergies du corps pour la lutte, elle laisse ouvrir la porte aux essaims des ennemis infiniment petits mais puissamment nuisibles à la vie cellulaire.

Mens sana in corpore sano.

Tout le monde connaît, par une expérience personnelle, les influences réciproques du moral et du physique. Cette influence a été ingénieusement démontrée par Hæckel au moyen de faits d'observation positives. Il compare entre elles les réactions des neurones de la croûte cérébrale divisés en deux grands groupements : celui des « sthètes » et celui des « phronètes », des centres sensoriaux et des centres d'association. Le phronème, organe

[1] M. Sage: *Le sommeil naturel et l'hypnose.*

de l'âme, réagit devant les chocs qui se donnent dans le groupement des sthètes, organe des sensations, et réciproprement[1].

Les dégénérés et les déséquilibrés ne transmettent pas leur dégénérescence, leur tare, à leurs descendants, mais seulement leur faiblesse physique et psychique, ou leurs défformités organiques propres. Il n'y a point de prédisposition pour telle ou telle maladie. Les maladies sont des accidents de la vie. La vie naît et se développe dans les corps; elle se nourrit de corps, elle se multiple par reproduction corporelle sous diverses formes, enfin, elle meurt dans l'individu pour se perpétuer dans l'espèce.

Voilà le but et l'objet de la vie.

Les maladies sont des choses accidentelles, fortuites, éventuelles. Au lieu d'admettre, dans un individu, un état réel de prédisposition innée pour telle ou telle maladie, il faut y voir l'action des générateurs transmettant à leur descendant le peu de résistance de leurs éléments anatomiques. La conception peut même apporter, dans l'union du spermatozoïde et de l'ovule, le germe même du mal à travers le placenta ; mais cela n'explique pas l'hérédité pathologique, car, c'est un fait, notre corps est l'habitat de plusieurs microbes virulents et pourtant nous n'avons pas les maladies qu'ils produisent.

[1] Ernst Hæckel. *Les merveilles de la vie.*

Si le fils est une synthèse, une union des éléments histologiques de ses parents, si la reproduction n'est qu'un excès de nutrition, il est bien clair que le produit tiendra de la nature des deux facteurs, sans être égal pourtant à chacun d'eux.

Il y a des ressemblances de nature, de formes, mais le péché originel, le *vice morbide*, ne se reproduit pas, du moins en règle générale. Les parents ne transmettent pas leurs lésions à leurs fils, mais des caractères physiques et des anomalies organiques qui peuvent engendrer des lésions pareilles ou différentes. C'est ainsi que de parents obèses naîtront des fils asthmatiques, migraineux, goutteux, etc.

Le *processus* de la transmission de la syphilis par hérédité, comme on dit couramment, est le même. La nature n'adapte point un processus spécial à chacune des maladies dites héréditaires. Les germes pathogènes ainsi transmis ne sont pas spécifiques et restent le plus souvent à l'état latent, ils attendent pour pulluler une occasion et des conditions favorables ; mais souvent aussi cette occasion n'arrive point et les conditions non plus, les germes périssent ; ainsi se rompt la chaîne d'une funeste hérédité.

L'énergie vitale, la *vis medicatrix naturæ*, nous a souvent présenté des cas étonnants où des fils de lépreux et de tuberculeux ne furent jamais atteints par la terrible maladie de leurs pères.

Le vice constitutionnel, on le voit donc, n'est pas incorrigible ; il n'est pas incurable.

Quand la sélection naturelle, dans le combat des leucocytes contre les microbes, peut, par ses seuls moyens, réaliser des guérisons telles, il est bien évident que la sélection artificielle, par une thérapeutique bien appropriée et quelquefois avec le secours de la chirurgie, doit atteindre à des résultats positifs et constants.

La solution de ce grand problème relève de facteurs bien complexes. En premier lieu, il faut s'attacher à une révision méthodique de la carte constitutionnelle de cet empire de la physiologie qu'a fondé Claude Bernard.

Les lois de cette carte ne peuvent déjà plus régler toutes les situations cliniques, toutes les causes de la santé et des maladies, ni tous les phénomènes des réactions physico-chimiques de la vie cellulaire.

Le besoin est tout aussi impérieux de se livrer, sans prévention d'esprit et sans esprit d'école, à de multiples recherches pour compléter et corriger les études de microbiologie et les conduire à leur point de perfection. Pasteur n'a qu'ébauché la microbioculture pour quelques espèces pathogènes, acclimatées, pour ainsi dire, dans son laboratoire. Cet esprit, le plus lumineux de son siècle, a créé la bactériologie. C'est le commencement d'une étude dans laquelle presque tout encore reste à faire. Pour arriver à une classification rigoureuse de ces micro-organismes, il faut connaître, distinguer, isoler le microbe de chaque infection, constituer les genres, les espèces, les variétés de ces microbes, en étudier les toxines, en trouver les antidotes ou antiseptiques particuliers.

L'activité des expérimentateurs ne doit pas se borner à découvrir les *sérums* immunisateurs ; elle doit élargir la sphère de son action et trouver l'antiseptique qui guérit : le sérum curatif. Il y a en effet des antiseptiques énergiques qui ne font aucun mal à des microbes définis, il y a d'autres antiseptiques très faibles qui tuent des bactéries fort virulentes.

Dans l'état actuel de la science, il ne faut pas croire que l'on puisse obtenir une antiseptie complète des lésions externes et beaucoup moins encore des foyers internes logés dans les viscères et dans les organes.

Au surplus, on ne connaît point encore quel est le microbe spécifique de quelques maladies très communes, comme l'*embarras gastrique*. Ce mot, au lieu de traduire la maladie, caractérise bien, selon J. Héricourt, l'état d'esprit du médecin lui-même, son indécision, son propre *embarras* sur le diagnostic du cas clinique qui se présente à lui. Pressé par de pareilles difficultés, il masque son ignorance en se servant de ces noms bizarres empruntés au grec et au latin. Leur sonorité retentissante possède quelque chose de la magie ou du fétichisme de ces discours pompeux qui charment l'oreille, entraînent la conviction, mais ne prouvent rien.

Il est urgent surtout, il est indispensable de conduire la bactériologie vers les sombres domaines des diathèses, même des diathèses de nutrition ralentie et de nutrition accélérée, sans omettre l'étude, prise de ce point de vue, des maladies nerveuses et mentales.

Sans doute, les toxines microbiennes envahissent le corps tout entier, véhiculées qu'elles sont par la lymphe et le sang, mais il faut encore et surtout considérer que ces toxines ont une source de départ, un point localisé. C'est lui qu'il faut connaître pour aller les y épuiser et anéantir ainsi l'ennemi dans son propre repaire.

La connaissance du siège de l'infection est d'une capitale importance et pourtant personne ne sait encore aujourd'hui où siègent l'asthme, la goutte, l'épilepsie, la migraine, etc.

Comment pourra-t-on guérir une maladie sans connaître quel est l'organe lésé, quel est son foyer d'irradiation? On combat seulement pour calmer la douleur, la fièvre, les discrasies, la dyspnée, et pour subvenir au manque ou à l'excès de minéraux dans les éléments anatomiques.

Ces états pénibles et beaucoup d'autres sont les symptômes lointains de la maladie voilée, cachée, opiniâtre, qui sans trève poursuit son œuvre de ravages, impitoyable, froide, cruelle. Elle ne se soucie point des projectiles de la thérapeutique, ces projectiles ne peuvent l'atteindre, car les tirailleurs prennent le nuage pour Junon.

CHAPITRE XI

Il ne faut pas prendre à la lettre la théorie de la phagocytose de Metchnikoff, malgré les investigations de Cantacuzène, de Nicolle, de Pfeiffer, qui tendent à constater l'englobement des microbes par les leucocytes qui les mangent et les digèrent.

Pfeiffer a même créé le mot de *chimiotaxie* pour traduire la sensibilité des leucocytes vis-à-vis des microbes envahisseurs. Le premier mouvement de ceux-là est d'avancer ou de reculer, d'où vient une chimiotaxie positive ou négative. Quoi qu'il en soit, la lutte s'engage soit aussitôt l'invasion commencée, soit ensuite, lorsque les leucocytes, forcés de reculer à la première rencontre et ayant pris de meilleures dispositions de combat, prennent franchement l'offensive[1].

Si droit et si honnête que soit l'esprit de ces hommes de science, leurs recherches et, par là même, leurs conclusions ont une origine suspecte. Elles ont été entreprises en effet avec une intelligence prévenue et sous l'influence de l'enthousiasme et de l'enchantement suggestif qu'inspire la belle épopée de Metchnikoff.

[1] E. Boinet. *Les doctrines médicales, leur évolution.*

Facile credimus quod voluimus.

Ce n'est point avec un procédé d'appréhension, d'englobement, de digestion intracellulaire que le leucocyte entre en lutte. Si bien contrôlé que soit ce procédé, il ne saurait être une règle, car les armes des combattants sont principalement leurs toxines. De leur mélange résulte la saturation plus ou moins complète des liquides nobles de l'organisme, et cette saturation détermine des concrétions plus ou moins solides et même de vrais cristaux. Les toxines sont donc des sécrétions physiologiques, des éléments naturels de défense de l'individu, comme la fièvre et la douleur, ce sont des relations essentielles de la vie cellulaire aux attaques de ses ennemis. Ces concrétions, ces sédiments, ces cristaux fabriqués en défense de l'organisme sont faits aux dépens de l'organisme lui-même, qui les perd parce qu'il ne peut les fixer dans ses éléments histologiques. De là provient la chute des forces et des énergies cellulaires, elle coïncide avec la perte de la santé, elle résulte du déficit constant du budget des acquisitions. Ces dépôts sédimentaires sont dissous et éliminés par les émonctoires. Mais aussi, et le fait n'est pas rare, cette dissolution ne se fait pas à temps par les réactifs chimiques de la nature, et alors les prismes de ces cristaux attaquent mécaniquement, par leurs arêtes vives et tranchantes ou par la grosseur de leur volume, les canaux biliaires et les uretères : d'où les coliques hépatiques ou néphrétiques, les calculs biliaires, la gravelle et les pierres de la vessie. C'est le même processus que celui des scléroses, des cirrhoses, des kystes, du cancer et des néoplasies en général.

Scientifiquement, on ne peut se rendre compte de la formation des néoplasies ou tissus de nouvelle formation, malgré la magie des mots inventés pour en parler.

La cellule géante (*cellula gigas*) n'existe pas. Le cancer n'est pas une cellule, il est une maladie, un état morbide. Les cellules ne peuvent pas produire de maladies, ni les maladies ne peuvent fabriquer de cellules, mais elles peuvent, par contre, les attaquer par la douleur, l'inflammation, l'atrophie, l'hypertrophie, etc.

De la cellule ne peut naître qu'une autre cellule semblable. Le résultat de la reproduction, quelqu'en soit le processus en histoire naturelle, sera toujours un produit de même nature et de même forme que les générateurs. C'est ainsi que se perpétue le type caractéristique de l'espèce. Les anomalies tératologiques sont, en règle générale, des phénomènes de réversion vers un type ancestral éloigné. C'est la loi de la conservation par l'hérédité dans son éternel combat contre la loi du transformisme qu'entraîne l'évolution.

Mais la prétendue cellule géante n'est pas un phénomène de dystéléologie ni de tératologie qui se puisse transmettre par hérédité, c'est une « déformation », une malformation morbide incompatible avec la santé.

Il n'y a donc point de néoplasies, ni de néoplasmes. Le fibrome, le carcinome, l'epithéliome, pour ne point énumérer les autres formations pathologiques congénères, ne sont pas des cellules, ce sont des cadavres de cellules, putréfiés ou momifiés, cellules mortes sous l'action des microbes, ou cellules déformées par les conglomérats ou sédiments provenant de la saturation des humeurs par les toxines de l'infection.

Les mots, créés pour traduire ces divers cas cliniques, n'ont servi qu'à troubler et désorienter de plus en plus les médecins et les hommes de science qui les étudient à la lumière de nos connaissances actuelles.

Les mots, comme des symboles, ont leur culte, exercent leur séduction, leur fascination même, dans la religion de la science. S'ils ne répondent pas à la réalité, ils enchantent, ils entraînent, ils éblouissent, nous fixant dans l'erreur ou nous entraînant vers l'erreur, jusqu'au jour où de nouvelles connaissances lumineuses, jaillies d'expériences et de recherches nouvelles, font pourvoir à les remplacer.

Il faut que cette nouvelle lumière rayonne bientôt. On ne doit plus perdre de temps à la chercher au milieu des décombres de fouilles infructueuses d'un passé déjà si reculé et parmi l'énorme nomenclature fétichiste des noms avec lesquels on a baptisé les maladies sans en connaître l'étiologie et la cause déterminante.

Nous avons la foi la plus robuste dans la médecine de l'avenir et cet avenir est peut-être bien proche. Elle détrônera les diathèses, elle saura connaître les germes, les causes efficientes de toutes les maladies ; elle préviendra le mal lui-même par une hygiène convenable, elle le guérira par une simple thérapeutique car elle l'atteindra en lui-même et favorisera les énergies de l'organisme malade pour les aider dans leur action contre lui. Cette nouvelle médecine-là prolongera beaucoup la vie humaine, elle étendra et amplifiera les bornes de la jeunesse dans le temps et elle adoucira les souffrances excessives de la vieillesse.

La mort de la vie individuelle ne sera plus que l'extinction lente et graduelle de cette force étonnante qui préside à ses réactions physico-chimiques. La vieillesse ne sera plus une maladie, mais un affaiblissement, la fatigue d'un mécanisme déjà usé et qui s'usera encore jusqu'à la fin, comme il arrive aux machines les plus perfectionnées et les plus puissantes qui sont fabriquées par l'homme.

Toutefois, personne ne saura préciser la durée de la vie de chaque homme ; c'est un secret de la nature que la science ne pourra jamais acquérir ni dévoiler. Les hommes naissent, croissent et vivent comme ils peuvent et non pas comme ils veulent. Chacun a son tempérament, ses idiosyncrasies, sa manière propre d'exister, sa façon spéciale d'assimiler et de désassimiler les aliments, d'opérer les mutations et les transformations des matériaux nutritifs. Tout est différent en chacun de nous, depuis la physionomie et la taille jusqu'à l'arrangement compliqué des parties composant le squelette, les cellules, les viscères, les organes et même le très délicat assemblage du système nerveux.

Il n'existe point de machine humaine qui soit tout à fait égale à une autre machine humaine, ni physiquement, ni intellectuellement, ni moralement. Les petites ressemblances ne servent qu'à faire mieux démêler la diversité des types qui constitue la loi générale de l'harmonie.

Il y a des nutritions ralenties ou accélérées qui sont parfaitement compatibles avec la santé. Les individus à nutrition ralentie ou accélérée ne sont pas fatalement aux *frontières de la maladie*, mais ils y peuvent arriver, ils peuvent même les franchir accidentellement comme tout autre.

Il y a des géants et des nains de corps et d'esprit, et entre ces deux types extrêmes s'interpose toute une énorme échelle chromatique qui les lie par des nuances infiniment subtiles. Tous ces individus naissent avec une complexion forte, médiocre ou faible. Chez eux tous, la même maladie et la santé elle-même n'ont pas la même teinte, le même ton, la même physionomie, le même aspect.

L'organisme de chaque homme se régit, en tant que machine, par le même principe de mécanique connu; il produit des travaux différents en quantité et en qualité, pendant un temps plus ou moins rapide, selon sa puissance, c'est-à-dire selon sa grandeur, la nature de ses matériaux, le fonctionnement de son engrenage et sa force.

La santé, qui est une des plus belles manifestations harmoniques de la vie, est donc le produit du jeu combiné d'énergies physiques et de réactions chimiques intracellulaires, plus ou moins intenses mais toujours proportionnées.

On voit bien par ces considérations qu'il n'est pas facile de sélectionner *a priori* un type net et précis de l'homme sain, ni un spécimen caractéristique de celui dont l'état morbide latent dénoncerait par sa déchéance les formes décisives et tranchées du pont de passage de la santé vers la maladie.

On a inventé la diathèse, héréditaire ou acquise, pour expliquer ce type morbide, inaccessible et métaphysique, dont les faits, observés tous les jours, refusent d'admettre l'existence.

La conception de la diathèse, admise comme un dogme scientifique et intangible (*credo quia absurdum*) a causé plus de mal à l'humanité que l'Inquisition par ses tortures, car le temps pendant lequel elle a sévi, avec ses suplices corporels et en imposant l'esclavage à la conscience, fut moins long.

Laissons-les en paix, à la merci des forces naturelles, ces *beaux spécimens* que nous venons de noter comme autant de types cliniques de l'arthritisme, dont la diathèse est parfaitement compatible avec la santé.

Certes la science, qui n'a point fait l'homme et qui ne fera jamais une vie quelconque, si inférieure soit-elle, ne pourra jamais non plus déterminer un temps précis pour la durée de la vie humaine, puisque cette durée ne peut pas être la même pour tous les hommes, attendu qu'il faut tenir compte de la constitution de chacun d'eux. Elle peut sans doute, et il nous est permis de l'espérer, rétablir la mort naturelle comme la fin physiologique de l'existence, en donnant à l'homme, comme moyenne, une vie de cent vingt années, sans maladies. La mort sera alors l'acte de se fermer les yeux doucement pour l'éternel sommeil, elle sera le repos dernier au dur et pénible travail de la vie commencé avec les premiers battements du cœur de l'embryon et qui prendra fin lorsque le cœur s'arrêtera d'envoyer les derniers secours du sang oxygéné à la fédération des cellules qui ne pourront plus vivre sans lui.

Elle est inébranlable notre foi dans la solution prochaine de ces problèmes aussi difficiles qu'intéressants au premier chef, pour l'humanité.

La science les résoudra ces problèmes, non pas la science routinière et dogmatique, dictatoriale et intransigeante, mais la science qui pense et qui parle par le cerveau et par les lèvres des évangélisateurs révolutionnaires, sublimes esprits altruistes qui briseront tous les liens qui les unissent aux dominateurs despotiques pour faire triompher et fructifier les idées nouvelles qu'ils prêchent.

Ces évangélisateurs sont déjà venus reformer la médecine du passé, ils reviendront pour orienter la médecine du présent et fonder ainsi, sur des bases solides, la médecine de l'avenir.

Nous voyons surgir aujourd'hui, tout rayonnant des gloires d'une des plus belles conquêtes de la médecine contemporaine, l'esprit génial d'Ehrlich qui vient de trouver le spécifique de la syphilis dans le dioxy-diamido-arseno-benzol, préparation déjà fameuse sous le nom de « 606 ». Il faut mesurer la grandeur de cette découverte à la grandeur du rachat de l'humanité condamnée tout entière à payer le dur tribut du péché originel, de cette tache, de ce stigmate meurtrier, transmis du père aux enfants, de générations en générations perpétuellement. Tel est le cri de l'humanité qui, pleine de respect et de gratitude, s'incline devant le savant de Francfort, tel est l'écho de la vive manifestation des peuples vibrant d'orgueil et d'espérances. Ils se croient déjà libérés du fléau de la syphilis et ils s'apprêtent à briser demain le joug terrible du fantôme de la diathèse.

CHAPITRE XII

Le problème de la guérison d'une des plus graves maladies infectieuses, la syphilis, semble résolu par la collaboration d'Ehrlich et de Hata, médecin japonais. L'arseno-benzol est le résultat de leurs efforts communs et de leurs communes recherches.

Les brillantes victoires du 606, constatées et contrôlées par le procédé de Wassermann, prouvent l'efficacité de cette préparation, malgré les cas défavorables de la thérapeutique nouvelle qui n'a pu être encore adaptée à la généralité des malades.

Cette adaptation n'est qu'une affaire de temps, d'observations, d'expérimentations opérées en plus grand nombre. Quand la direction est connue on se fraye son chemin, en le conquérant pas à pas jusqu'à la fin. C'est ainsi que la science marche.

Il en fut ainsi pour le ballon primitif du frère Barthélemy de Gusmâo (1790), qui a évolué vers les élégants aérostats de Santos-Dumont puis vers les admirables monoplans, biplans et dirigeables de l'aviation moderne.

L'arsenic a évolué, lui aussi, vers le cacodylate de soude, vers l'arrhénol, l'atoxyl, l'arséno-benzol. Ce dernier se modifiera encore et se transformera dans une nouvelle formule chimique dont l'efficacité atteindra des résultats plus étendus et plus faciles[1].

Depuis longtemps déjà, malgré la lenteur de son action, on employait l'arsenic, avec un certain avantage, dans la syphilis et les dermatoses en général.

La dermatose est-elle bien autre chose que l'herpétisme et l'arthritisme lui-même ? Et l'arthritisme n'est-il pas le type clinique générique, par excellence, des maladies dites de nutrition ralentie ?

De quelle façon l'arsenic agit-il dans ces maladies constitutionnelles, dans ces diathèses ? Ce sera comme tonique, comme accélérateur des combustions ?

Mais, d'après les canons orthodoxes, il y a des dermatoses syphilitiques et des dermatoses arthritiques : cependant toutes les dermatoses, étant des maladies infectieuses, sont l'œuvre des microbes. L'arsenic agit en microbicide, en bactéricide, en parasiticide, voilà tout. Autrement on ne saurait expliquer son action dans la syphilis comme dans l'herpétisme, car il ne constitue pas une panacée pour guérir toute maladie.

L'un des effets les plus remarquables de l'arsenic, c'est l'accélération de la nutrition. On l'a nommé, pour cela même, le *remède pulmonaire*, parce qu'il imprime plus d'énergie aux oxydations respiratoires.

[1] Nous avons déjà à présent le 914, dit le néo-salvarsan, nouvelle découverte de Ehrlich pour perfectionner le 606. Et l'évolution marchera de plus en plus victorieuse.

Pourquoi cette énergie se produit-elle dans ces oxydations ? C'est, sans doute, parce que l'arsenic agit directement sur les microbes et leurs toxines, d'où son action indirecte sur la circulation et sur la peau. Quand le microbe est anéanti, que ses toxines sont stérilisées et éliminées, tout ce qui retardait la nutrition disparaît, elle s'accélère naturellement et redevient normale.

C'est de ce fait que provient l'action positive et réelle de l'arsenic dans les dermatoses : dartres, herpès, psoriase, eczéma, etc. On comprend ainsi les cas de guérison de l'herpétisme qu'il réalise et qui sont connus depuis longtemps.

Dans les maladies éruptives fébriles : variole, rougeole, scarlatine, incontestablement infectieuses, qui ne voit le rapport étroit qui existe entre l'éruption et l'état général des malades ? Quel est le médecin, praticien expérimenté, qui n'a point vu la suppression d'une dermatose produire des accès aigus d'asthme, de goutte, de migraine ? Par contre, qui n'a point constaté la cessation rapide de ces accès avec le retour de l'éruption supprimée ?

Aussi l'argument par analogie entre les fièvres éruptives et les dermatoses arthritiques est-il ici bien significatif. Toutes ces maladies, si diverses qu'elles soient, proviennent de microbes, les uns il est vrai sont d'une vie éphémère et d'une action rapide, les autres ont une longue vie mais une action lente ou chronique.

L'action précieuse de l'arsenic est difficile à utiliser, presque impossible pour certaines raisons : son assimilation est très lente et très intense sa toxicité. Le grand problème est donc de le rendre plus assimilable, plus énergique, dans la quantité presque homœopathique de son dosage.

Si ce problème n'est pas complètement résolu par l'arseno-benzol, on peut affirmer qu'il le sera bientôt, grâce aux brillants succès d'Erlich et de Hata et malgré les quelques échecs qu'on a dû enregistrer.

Mais l'arseno-benzol n'agit pas comme spécifique contre le seul spirille de la syphilis. Michols l'a expérimenté dans la *frambœsia tropica* et le résultat a été décisif : vingt-quatre heures après l'injection, on ne rencontra plus un seul *spirocheta* dans le sang du malade.

On s'efforce maintenant de l'expérimenter dans la lèpre. Il a réussi déjà dans la fièvre récurrente. Bientôt on l'essaiera dans la goutte, la migraine et l'asthme. Dans cette dernière, l'action de l'atoxyl est déjà à l'étude et on fonde sur lui de grands espoirs, mais les médecins redoutent beaucoup qu'il ne produise la cécité, comme le fait s'est présenté, sous son action, dans la maladie du sommeil.

Or, toutes ces maladies (asthme, goutte, migraine) proviennent de la *diathèse*, selon la théorie courante. De plus, le *vice* herpétique est le vice arthritique. Nutrition ralentie, nutrition accélérée, tout aboutit enfin à une intoxication, à une infection, mais jamais à une auto-intoxication.

Nous avons déjà, en faveur de la thèse que nous défendons, l'opinion autorisée du professeur Charles Richet, opinion qu'il n'avait pas d'ailleurs encore manifestée quand nous avions fini le chapitre XI de nos études.

« Les leucocytes, dit-il, n'agissent que par les ferments qu'ils sécrètent. C'est par leur chimisme qu'ils opèrent, de sorte que la diversité de phagocytes ne peut être qu'une diversité de composition chimique [1]. »

Et un peu plus loin :

« La cellule ne peut sécréter qu'une substance inoffensive à la cellule. Il serait absurde de supposer qu'elle va produire ce qui la peut tuer ou dissoudre [2]. »

Penser autrement, ce serait admettre le suicide de la cellule, formidable absurdité contre laquelle nous nous sommes franchement prononcé, avant Richet, lorsque nous avons traité de la toxémie, par auto-intoxication [3].

Dans ces deux passages, empruntés à Charles Richet, nous avons la grande satisfaction de constater que non seulement il rejette comme nous la théorie de l'auto-intoxication, mais encore qu'il

[1] Charles Richet. *L'humorisme antique et l'humorisme moderne.* Discours prononcé au Congrès de physiologie, à Vienne, le 26 septembre 1910, et publié dans *La Presse médicale* du 1er octobre 1910.

[2] *Ibid.*

[3] Lisez les chapitres III et V, et comparez-les avec les théories de Richet ici exposées.

nous vient en aide, qu'il nous encourage et qu'il collabore avec nous pour défendre l'hypothèse que nous avons formulée en remplacement de la théorie de la phagocytose, de Metchnikoff, qu'il ne faut pas entendre à la lettre [1].

Notre hypothèse des cristallisations par saturation des humeurs a du moins pour elle l'avantage d'être vraisemblable, raisonnable et pratiquement expérimentable.

Mais si nul homme de science n'a le courage de prendre directement, intentionnellement, la diathèse pour la cultiver *in vitro* dans son laboratoire, pour apprendre à l'anéantir, l'arseno-benzol en viendra à bout indirectement, empiriquement, comme le fait s'est montré jadis pour le mercure dans la syphilis et le quinquina dans les fièvres paludéennes, au temps où l'on ne soupçonnait point l'existence des microbes propres à ces maladies : du spirille de la syphilis et des laveranes de la malaria.

La chimie a travaillé le mercure brut, en le raffinant jusqu'au sublimé. Chaque formule nouvelle répondait à de nouveaux succès cliniques. Il en a été de même du quinquina péruvien. La chimie en a extrait des sels divers : le sulfate, le valérianate, le chlorhydrate, etc., qui augmentaient progressivement la puissance curative de la plante.

La nouvelle préparation d'Erlich et de Hata est

[1] Lisez l'opinion de Richet et la nôtre sur l'action des leucocytes.

appelée à un grand avenir et à de splendides vi· toires sur toutes les maladies infectieuses et sa fo: mule sera à peine modifiée par l'addition et soustraction de nouveaux corps.

Du jour où l'on domptera une diathèse par un guérison radicale, il se fera une véritable révolu tion dans la science. Toutes les diathèses, toute les maladies constitutionnelles de nutrition, so ralentie, soit accélérée, recevront un nom nouvea et une nouvelle thérapeutique, mais un nom vra et une thérapeutique spécifique. Alors on pourr dire couramment : le microbe de la goutte, d l'épilepsie, de l'asthme, de la migraine, des dartres de la neurasthénie, et même des psychopathie graves.

Pendant que la chimie moderne emploie tou ses efforts à reproduire la vie dans ses laboratoire tout comme l'alchimie médiévale travaillait ave toute son ardeur à découvrir le secret de trans former les métaux en or, pourquoi le bactériolo giste ne s'efforce-t-il pas de découvrir le secret d la diathèse ? Si l'alchimiste, sans données certaines s'en allait à la recherche d'une utopie pour essaye de l'amener à la réalité, pourquoi le savant moderne en possession de tant de connaissances acquises ne poursuit-il pas jusqu'au bout ses recherches su l'hypothèse si vraisemblable de la nature infectieus des maladies constitutionnelles ?

Le monde réel des infiniment petits, découvei par Pasteur, étant connu, étant connue l'actio meurtrière des poisons sécrétés par ces êtres invisibles à l'œil nu, par ces êtres impondérables dont la masse subtile corporelle ne ferait point osciller le plateau de la plus sensible balance, serait-ce une utopie de les aller chercher comme les causes du plus grand fléau de l'humanité : la diathèse ? Ne sait-on pas que leur action, dans certaines maladies infectieuses, est si formidable que les malades meurent presque foudroyés ?

De plus, comment ne pas attribuer la diathèse aux microbes, si la théorie du vice de la nutrition ne la peut expliquer ?

Quelle est la thérapeutique spécifique de cette nutrition viciée ? On peut dire qu'il n'y en a aucune. Tous les médicaments employés le sont avec une fausse orientation. Et cela est évident puisqu'en médecine la clinique est la contre-épreuve de la théorie.

Or la clinique travaille, depuis tant de siècles, et toujours vainement à guérir la diathèse ! C'est donc que la théorie est erronée, erronée depuis des siècles.

Il n'y a pas absolument de maladies incurables. Seule est incurable la lésion d'un organe ou d'un viscère indispensable à la vie, organe ou viscère dont les dommages sont irréparables et qu'on ne peut remplacer. Hors ce cas extrême, on peut remédier à tout et, si l'on n'apporte pas efficacement de remède, c'est que l'on ne connaît pas l'étiologie de la lésion.

Il faut bannir le diagnostic de maladies constitutionnelles et le pronostic de maladies incurables. Il le faut faire pour l'honneur de la science et le bien de l'humanité. Elle serait autrement condamnée à subir les conséquences funestes d'un dogmatisme scientifique qui s'entête dans l'erreur où il s'est lui-même installé ; car il a foi dans sa thérapeutique, dans l'arsenal énorme de ses préparations. Chacune d'elles a un nom, nom très pompeux, très suggestif. Et pourtant toutes ces armes de combat, tout ce luxe d'érudition, tout cela n'a pas encore réussi à guérir le cas le plus bénin d'une maladie diathésique.

Seul le hasard d'une découverte imprévue ou l'action d'un homme de génie pourra nous délivrer du fantôme de la diathèse.

Heureusement, tout semble nous indiquer que nous sommes très voisins de ce suprême bonheur.

CHAPITRE XIII

Notre espoir grandit tous les jours de voir réalisée la solution définitive du problème de la guérison des diathèses, en découvrant le nid de l'arthritisme jusqu'à ce jour demeuré occulte dans le labyrinthe de nos cellules. Par les rayonnements de ses doctrines, c'est encore l'âme de Pasteur qui commande la noble croisade qui nous délivrera du joug de ces fléaux appelés maladies constitutionnelles, maladies incurables.

C'est de l'Institut Pasteur que sortiront triomphantes un jour les hypothèses que nous avons formulées dans l'étude, d'ailleurs imparfaite et incomplète, que nous faisons ici de ce grand problème.

Metchnikoff, le représentant le plus illustre du grand maître, est là dans son laboratoire. A ses côtés, pour l'aider dans son labeur, sa digne épouse, femme illustre, et ses élèves, tous sans trêve travaillent pour la science et l'humanité, avec une abnégation et une ténacité inépuisables que les savants du passé n'ont pas souvent égalées.

C'est son élève, déjà célèbre, le Dr Étienne Burnet, qui dans son récent ouvrage, aussi beau qu'intéressant, vient nous dire : « Les recherches sur la flore intestinale tiendront une place de plus en plus grande en médecine expérimentale. C'est par elles que la microbiologie abordera l'étude des maladies chroniques, que l'on appelle maladies de la nutrition, telles que la goutte, les rhumatismes et le diabète. La découverte des virus dits invisibles prouve encore que le champ d'action des microbes est beaucoup plus vaste qu'on ne l'avait supposé et qu'il peut fort bien exister des légions de bactéries actives là où nous n'en voyons encore aucune[1]. »

Ce jeune médecin, célèbre déjà comme homme de science, parle plutôt pour l'avenir. Mais son maître éminent nous donne les premiers éléments de la solution de certains problèmes capitaux et il nous encourage pour la solution complète et prochaine de tous. Voici ses paroles, pleines de confiance et de foi dans le pouvoir de la science :

« Le champ des maladies infectieuses s'étend de plus en plus avec les progrès de la microbiologie. Voilà que certaines maladies des *échanges nutritifs* commencent à rentrer dans ce cadre. L'artériosclérose, cette affection si répandue et si apte à abréger notre existence, se présente comme le résultat de l'action de notre flore intestinale. On pourra peut-être, avant qu'il soit longtemps, expliquer le diabète sucré, la goutte et les rhumatismes par l'action de quelques microbes nuisibles[2]. »

Mais expliquer le diabète sucré, les rhumatismes et, principalement, la goutte par l'action des microbes, c'est réduire l'arthritisme et toutes les diathèses de nutrition ralentie à de pures infections, suivant notre propre pensée, car la goutte est l'expression la plus achevée et la plus classique de

[1] Dr Étienne Burnet. *Microbes et toxines.*

[2] Élie Metchnikoff. Introduction au livre ci-dessus cité.

l'arthritisme, selon les théories courantes, exposées et illustrées, par Bouchard, Huchard, Dieulafoy, Robin, Monin, Jules Gérard, etc.

C'est là une grande victoire pour Metchnikoff et pour ses élèves, remportée sur la routine et sur le dogme qui rendaient stagnantes et stériles l'activité et les énergies cérébrales des médecins qui se sont soumis, tout bonnement, aux décrets qui promulguaient que ces maladies étaient incurables, parce que *constitutionnelles*.

Cette victoire est gagnée par l'Institut Pasteur, par l'école de Pasteur, par le créateur de cette science nouvelle qu'est la bactériologie.

Mais voilà que du milieu de la classe des praticiens qui ont sur les bras les lourds labeurs de la clinique active surgit aujourd'hui une autre hérésie. Le chef de ces hérétiques, c'est le Dr Paul Carton, médecin adjoint de l'important sanatorium de Brévannes (Seine-et-Oise), en France.

Il rompt avec l'école classique. Il soutient, appuyé qu'il est de faits et d'arguments d'une grande valeur probante, que le terrain arthritique, au lieu d'être peu propice au développement de la tuberculose pulmonaire, est au contraire un terrain d'élection pour le bacille de Koch, qui y prospère parfaitement[1].

Fait à retenir : ses tuberculeux s'améliorent toujours ou guérissent radicalement de leur tuber-

[1] Dr Paul Carton. *La tuberculose par arthritisme.*

culose si leurs lésions arthritiques s'atténuent ou disparaissent.

Fort d'un grand nombre de faits cliniques très éloquents, qui lui ont prouvé d'une façon positive l'étroit rapport qui existe entre la tuberculose et l'arthritisme, il néglige tout à fait, chez ses malades, l'infection tuberculeuse pour ne traiter que les lésions arthritiques toutes seules. Dans ce but, il proscrit le régime alimentaire classique de la viande crue, de la viande raclée, de la viande en poudre, de la viande en bouillon, de la viande sous toutes ses formes, il proscrit le régime de la zomothérapie et de la suralimentation ; ce régime, arthritigène jusqu'à la barbarie, ne réussit qu'à aggraver de plus en plus les lésions tuberculeuses par le surmenage du foie ; cet organe en effet ne peut pas subvenir aux frais d'un tel travail, tant il est exagéré, puisqu'il dépasse, et bien au delà, ses forces épuisées par les poisons de la diathèse hyperacide qui le tourmentent.

Il a remporté de nombreuses victoires, obtenu de vraies résurrections, dans des cas désespérés de tuberculose fébrile, cavitaire et hémoptoïque.

Sa méthode de cure est intéressante, il ne prescrit nul remède à ses malades. Il est convaincu que la tuberculose est une greffe, une complication de l'arthritisme, car elle ne peut prospérer que dans les organismes appauvris et épuisés.

« La tuberculose, dit-il, n'est que le masque qu'emportent les déchéances organiques : le bacille expulsé, la tare subsistera. Saprophyte moyennement dangereux, le bacille de Koch ne se fixe que sur des organismes défaillants et n'achève que ceux qui sont déjà en ruines[1]. »

Fort de cette conviction, il n'attaque pas le bacille ; il va droit à l'arthritisme et lui livre bataille. L'arthritisme vaincu, la tuberculose disparaît.

Mais comment combat-il l'arthritisme ? Par un régime alimentaire végétarien, mitigé dans les cas moins graves, absolu dans les cas graves. A ce régime hypoconcentré (M. le Dr Carton offre un tableau détaillé des végétaux les plus convenables) il associe la culture physique, l'aérothérapie et l'hygiène générale.

Le régime alimentaire est la seule thérapeutique d'usage interne qu'il emploie. Pour lui, le processus morbide de l'arthritisme est le suivant :

Le foie, victime des poisons alimentaires de la viande, de l'alcool, des graisses et des sucreries concentrées, lutte d'abord contre ces poisons par un travail forcé de métabolisation. Ce travail l'entraîne à un hyperfonctionnement épuisant. Mais ensuite, à la longue, par la surcharge continue des mêmes aliments toxiques, il se fatigue, il tombe à l'état d'hypofonctionnement, à cet état d'apathie qui caractérise la chute des énergies vitales.

1 *Ibid.*

De là, pléthore, hyperacidité des humeurs, accompagnées des syndromes de l'hyposystolie arthritique et de la décalcification qui retentissent, par des désordres graves, sur les fonctions de l'estomac, du pancréas, des intestins, de la rate, des reins, du cœur et de tout le système nerveux.

Devant l'imperfection du métabolisme d'un foie ainsi exténué, tous les acides des humeurs affluent vers lui ; il devient alors une vraie fabrique d'acides qui s'extravasent ensuite par tout l'organisme.

Telle est la diathèse hyperacide, infectante à la fois et décalcifiante, cause de la sénilité précoce et caractéristique de l'arthritisme.

Cet illustre clinicien a observé que le lobe supérieur gauche du foie de l'arthritique offre, dans la période d'hypofonctionnement, une sensibilité très vive à la pression. Il arrive souvent qu'on ne peut toucher, même légèrement, le creux épigastrique. C'est *le lobe d'alarme*, comme il l'appelle.

Quand cette alarme de la douleur est donnée, toute la fonction physiologique de la transformation des aliments est compromise.

Cette observation a une grande valeur à notre point de vue. Elle nous mène à conclure que le siège de l'arthritisme est dans le foie, y débute par le lobe supérieur gauche. Le foie est l'organe que l'arthritisme attaque le premier : cela se comprend aisément puisqu'un foie qui fonctionne normalement ne peut coexister avec la diathèse de retard ou d'accélération de la nutrition.

On comprend aussi que si la lésion commencée dans le lobe d'alarme fait des progrès dans le foie, la fonction glycogène de cet organe vient à être entravée, ainsi se détermine le diabète sucré, dont Metchnikoff et Burnet promettent de nous démontrer sous peu la nature infectieuse.

Mais cette infection du lobe supérieur gauche du foie ne peut-elle être une infection tuberculeuse ? N'est-ce pas de l'insuffisance ou de l'imperfection du métabolisme hépatique que naissent la goutte, la migraine, le diabète. l'artériosclérose et toutes les maladies dites *des échanges nutritifs ?*

Devant ces conclusions, l'arthritisme ne semble-t-il pas être, ne peut-il pas être la tuberculose elle-même localisée dans le foie ? N'avons-nous pas déjà la tuberculose de la peau, des os, des articulations, du mésentère, des ganglions lymphatique, de la plèvre, des poumons ?

Le microbe du mal de Pott, de l'épanchement pleurétique, des scrofules, du lupus, etc., n'est-il pas le bacille de Koch lui-même, le même qui est trouvé dans la tuberculose pulmonaire, quoiqu'il produise des maladies différentes ? Toutes les tuberculoses ne sont-elles pas localisées en un point déterminé de l'organisme et leurs lésions ne se propagent-elles pas ensuite par l'intermédiaire des toxines de leur bacille spécifique ?

Behring, avec toute l'autorité qu'il a dans la

matière, soutient que la tuberculose commence toujours, chez l'enfant, par l'intestin, elle ne s'épanouit dans le poumon que chez l'adulte [1].

Le professeur Louis Rénon, spécialiste des plus distingués, observe la fréquence de l'entérite comme signe prémonitoire de la tuberculose [2].

Or, les lésions hépatiques qui produisent le déséquilibre des fonctions du foie peuvent par elles seules expliquer la dyspepsie, l'entérite, la migraine, le diabète, les dermatoses, la goutte et toute la famille morbide de la diathèse bradytrophique.

Que les diathèses soient des infections, c'est notre vieille conviction. Elle s'affermit de plus en plus, surtout après les dernières recherches de Metchnikoff et de ses élèves en microbiologie, de Louis Rénon et de Carton en phtisiothérapie. Ce dernier est arrivé à constater une union très étroite entre la tuberculose et l'arthritisme. Il regarde la tuberculose comme une greffe insérée sur l'arthritisme, cet greffe meurt si le vice arthritique cesse de vivre et d'agir.

Cela nous porte à croire que la tuberculose, au lieu d'être une greffe ou une complication de l'arthritisme, n'est que l'arthritisme lui-même. Il a son siège dans le foie, son facteur spécifique est le

[1] Dr Louis Rénon. *Le traitement scientifique pratique de la tuberculose pulmonaire.*

[2] *Ibid.*

bacille de Koch, il le dirige vers les poumons à travers les parois de l'intestin, comme les poussières de charbon dans l'anthracose des mineurs.

Mais si l'arthritisme et la tuberculose sont des infections différentes (car tous les deux, le fait est certain, ont une origine microbienne), il s'ensuit que le microbe pathogène de celui-là est un microbe favorisant et non pas empêchant envers le bacille de Koch. Et pourtant c'est le contraire qu'affirme l'école classique lorsqu'elle déclare que le terrain arthritique est impropre au développement de la tuberculose.

L'action favorisante ou empêchante de certains microbes entre eux, de microbes qui se groupent en associations ou qui par antagonisme se repoussent, a été brillamment démontrée par Metchnikoff[1].

La science qui nous a fait connaître, dans sa marche victorieuse, les microbes ou virus *filtratus*, invisibles même avec les instruments les plus perfectionnés, microbes ultra-microscopiques, nous promet des surprises encore plus grandes.

D'un côté, l'école de Pasteur avec Metchnikoff à sa tête, envahit les sombres domaines des maladies appelées constitutionnelles ; elle commence à les conquérir pied à pied. De l'autre, une élite, peu nombreuse mais brillante, de cliniciens scientistes, européens et américains, seconde, à l'aide

[1] Dr Étienne Burnet. *Op. cit.*

de la chirurgie et de nouvelles méthodes thérapeutiques, les grands mouvements de la campagne libératrice contre les maladies *incurables*.

Honneur à ces révolutionnaires bienfaisants qui se sont soulevés contre la dictature de dogmes séculaires, pour octroyer à l'humanité la pleine joie de vivre, exempte des poisons de la vieillesse précoce et valétudinaire, protégée contre le fléau des maladies infectieuses et du fantôme de l'arthritisme métaphysique et classique, synthèse des diathèses bradytrophiques qui l'oppriment pour le condamner à des souffrances perpétuelles.

Par la découverte de l'étiologie de l'arthritisme, par l'isolement et la culture du germe pathogène qui le produit, par la réduction des diathèses à de simples infections, la microbiologie aura réalisé la plus belle conquête des temps modernes, elle aura donné, à la médecine, dans toutes ses directions, une orientation tout à fait nouvelle et tout à fait sûre.

Mais où chercher le microbe de l'arthritisme pour l'isoler et le cultiver ? A cette demande, nous répondons : « Dans le foie ». Il est là, sans aucun doute, car l'arthritisme est un état pathologique qui provient de la nutrition ralentie, et le foie est l'organe où s'opère le métabolisme alimentaire.

Il est là, il s'y cache, depuis tant de siècles, aux regards des savants qui n'ont point encore pu briser la chaîne des dogmes et l'aller chercher dans le territoire attribué aux maladies infectieuses.

L'arthritisme est un masque de la tuberculose. Tous les deux viennent du foie, le foie est leur siège, leur entrepôt d'expansion. Tous les deux sont une seule et même chose. La clef du mystère est donc dans le foie.

Lorsqu'on aura trouvé le secret de guérir le foie arthritique, on aura découvert avec lui le secret de guérir la tuberculose. N'est-ce point là un grossier paradoxe? Les thérapeutiques de ces deux maladies ne sont-elles pas incompatibles, inconciliables? C'est vrai, mais nous ne possédons point de thérapeutique curative de l'une ni de l'autre. Ce que nous avons, ce sont des drogues appliquées à l'une ou à l'autre de ces deux maladies, quoique inutilement.

L'opération chirurgicale, ou la drogue, ou l'agent curatif quel qu'il soit, qui rétablira, d'une manière définitive et durable, le fonctionnement normal du foie, ce traitement-là guérira et l'arthritisme et la tuberculose.

Il ne faut pas chercher — cette affirmation vaut qu'on la retienne — l'incompatibilité d'action des drogues consacrées pour conclure à la diversité des maladies.

La vraie thérapeutique n'est point encore découverte, mais elle le sera bientôt.

Nous marchons maintenant d'un pas ferme et certain vers la Terre promise ; nous en avons la conviction. L'humanité, ce grand peuple d'Israël, est bien digne de cette suprême conquête de la science, après un voyage, si long et si pénible, à travers les déserts de la douleur.

CHAPITRE XIV

Ces théories, je le sais, sont paradoxales et révolutionnaires. Certainement, elles contiennent des erreurs. Mais il arrive aux maîtres eux-mêmes de tomber dans l'erreur. « Homère parfois sommeille », comme le dit le poète latin, des sages qui sur le terrain du savoir peuvent faire chaque jour des faux pas.

Or, moi qui ne suis pas médecin, je dois commettre des erreurs nombreuses. Elles pourraient s'excuser par ma profession, et aussi par ce fait que l'erreur contient souvent une part de vérité.

J'ai conçu, j'ai écrit ce livre sans arrière-pensée, sans la moindre parcelle de vanité, sans nul désir de me mettre en évidence. La médecine n'est point mon fait, c'est entendu, et l'on connaît assez le proverbe : A chacun son métier. Pourtant si la médecine est la chose des médecins, la vie, la santé et la maladie sont le partage de tout le monde ; tout le monde a le droit de s'y intéresser, de faire à leur sujet des recherches : ce droit est naturel, instinctif, inéluctable.

Les problèmes qui se rattachent au maintien de la vie et au rétablissement de la santé compromise embrassent nécessairement un autre problème capital : la lutte contre les maladies. Vivre, c'est lutter. On lutte d'abord par et pour soi-même. On sait et on sent bien la douleur que l'on souffre. Puis nous constatons et nous comprenons aussi que les autres souffrent comme nous. Leurs plaintes et leurs gémissements nous parlent avec éloquence. Nous nous sentons vivement émus et nous comprenons, pour la sentir en nous-mêmes, la souffrance d'autrui. La pitié naît alors en nous ; c'est la répercussion, dans notre âme, de cette douleur des autres. Cette douleur psychologique pousse l'égoïsme animal à se perdre dans l'altruisme humain. Elle est le fondement de la morale sociale, dont l'évolution est déjà si avancée vers une seule et vraie religion universelle.

Voilà pourquoi j'ai voulu publier mes impressions personnelles sur la diathèse. Je la regarde comme un fantôme, sans existence réelle, du point de vue où on l'envisage actuellement, c'est-à-dire comme un vice des échanges nutritifs, un vice de nutrition ralentie, tare ou stigmate constitutionnel par auto-intoxication.

Mais pourquoi ce vice? D'où vient-il? La diathèse, telle qu'on cherche à la définir, est un syndrome. Ce syndrome ne révèle que les vêtements bigarrés du fantôme : il n'est pas la maladie, pas plus que ne sont maladies la fièvre, l'anémie, l'embarras gastrique, la dyspepsie, les psychopathies, les névroses, etc. La maladie reste cachée derrière le fantôme de la diathèse, oui, la maladie mystérieuse dont personne ne connaît le siège, dont la nature se dérobe à toutes les recherches.

Le vice de nutrition se tient toujours debout, il agit toujours contre le gré des malades et des médecins. Quel est-il ? Quelle est sa cause ?

Puisqu'il s'agit d'un vice de nutrition, la raison nous conduit à le chercher du côté du foie. Cette glande ne joue-t-elle pas le rôle principal dans la chimie des métabolisations et des échanges nutritifs ? On comprend difficilement qu'une maladie ou bien n'ait de siège nulle part ou bien ait son siège partout.

Dans l'inexprimable fédération de l'organisme, malgré la division du travail physiologique, dans lequel chaque organe, chaque viscère, chaque cellule a sa fonction propre, spéciale, individuelle, il y a pourtant un lien étroit qui unit tous ces organes ; ils obéissent à une sorte de centralisation contrôlée par le système nerveux. Et ce lien est si intime que si les fonctions d'un organe sont troublées, ce trouble retentit sur la fédération tout entière.

C'est pourquoi je ne puis comprendre une maladie quelconque sans un trouble fonctionnel intéressant tout l'engrenage biologique des cellules, par un retard ou une accélération de leur travail. La santé est un état de juste équilibre qui résulte du jeu de l'endosmose et de l'exosmose, c'est-à-dire de l'assimilation et de la désassimilation dans les opérations des échanges nutritifs. Par contre, et c'est l'évidence même, la maladie est la rupture de cet équilibre.

Fort de ce raisonnement, je me place devant les livres des savants, devant ces chefs-d'œuvre des maîtres, et, après les avoir lus attentivement et longtemps médité sur leurs idées, je me demande ce qu'est l'arthritisme qu'ils expliquent avec une si grande érudition.

Je me vois alors parcourant une immense et riche galerie de tableaux, aux couleurs harmonieuses, chefs-d'œuvre que la science et l'art a réalisés pour produire, par le concert de toutes les nuances, les effets les plus ravissants.

Mes yeux et ma pensée se perdent sur ces toiles. Ces tableaux me représentent en effet les portraits des membres d'une seule et même famille : c'est la famille de l'arthritisme. Chaque membre a son nom. Pourtant le portrait de chaque personnage est d'un visage si différent du visage de son voisin qu'on a du mal à croire qu'ils soient, eux tous, de la même famille. Et comme les maîtres qui les ont peints n'ont point, auprès d'eux, reproduit les portraits de leur père, ni indiqué de filiation généalogique, ces portraits se présentent au grand public comme ceux de personnages nés de parents inconnus, comme ceux d'enfants trouvés, dont la naissance et l'éducation demeurent enveloppées du mystère malheureux de leur origine.

Si belle que soit cette famille morbide, comme la qualifie M. Monin, nous, nous la regardons comme une bande de voleurs et d'assassins, qui après nous avoir dépouillés peu à peu de nos récoltes et de nos épargnes, réserves de nos celliers physiologiques, finissent par emporter avec eux notre vie elle-même. Et, cependant, contre ces bandits, nous n'avons aucune formule légale pour nous assurer la jouissance et la possession de nos fonctions vitales qu'ils troublent, ni défense efficace capable de faire triompher la revendication de notre santé spoliée.

Et le fantôme de la diathèse au milieu de sa famille assassine est là, intangible. Plus on l'observe, et plus il se dérobe aux recherches et plus il s'évanouit.

En tant que diathèse, par auto-intoxication, l'arthritisme n'est qu'une création mythologique, une conception métaphysique, un être protéique. Les savants s'occupent à étudier, à décrire les formes multiples et les multiples nuances du fantôme; mais pendant ce temps-là, lui qui est un simulateur, lui qui sous ses déguisements cache une réalité meurtrière, il poursuit impunément partout son œuvre de ravage.

Pour nous, l'arthritisme est une maladie infectieuse, dont le siège, semble-t-il, est le foie. Il gâte et détruit peu à peu les fonctions métaboliques de cette glande. Avec un foie normal, en parfait état de force et d'énergie, la flore intestinale ne peut rien contre nous. Mais si le foie vient à défaillir, s'il en arrive à être surmené, ou — conception plus exacte — s'il est infecté, cette glande, comme une machine aux rouages multiples, retarde tous ses mouvements, c'est la nutrition ralentie. Alors, eux-mêmes, les saprophytes, les collaborateurs intérieurs au maintien de notre santé, deviennent nos ennemis acharnés. Groupés par légions dans nos intestins, des décharges de leurs toxines, ils attaquent tous les éléments nobles de notre vie cellulaire.

L'infection primordiale, l'infection *sine qua non* du ralentissement de notre nutrition, la soi-disant diathèse, c'est l'infection hépatique. Cette infection, selon toute probabilité, — et ici la probabilité est une quasi certitude — serait causée par le bacille de Koch. Dans le parenchyme du foie, ce bacille ne trouve pas le terrain favorable à son développement. Aussi il y végète péniblement, sous forme de granulations apparaissant d'abord dans le lobe supérieur gauche, dit lobe d'alarme. Puis le bacille s'avance lentement dans sa marche envahissante, toujours attaqué de près par les leucocytes qui en affaiblissent l'action.

Alors au lieu de prendre l'allure et la force d'une tuberculose franche et très virulente, ces granulations se développent, chétives et rabougries, elles prennent la forme scléreuse ou fibreuse ; d'où la cirrhose du foie, si commune chez les arthritiques.

Il est fort rare, en effet, de voir une tuberculose hépatique suivre l'évolution caséeuse avec des cavernes ; pourtant on en connaît des cas isolés.

Ex digito, gigas. On aperçoit bien là le *processus* tuberculeux, évoluant sous ses trois formes classiques, mais surtout sous la forme scléreuse, dite forme de défense. L'arthritique avancé en âge n'est-il pas un sclérosé d'organes ?

Selon tous les traités de pathologie, tous les tuberculeux, ou à peu près, présentent ces lésions du côté du foie. C'est ce qu'observe et constate nettement Dieulafoy. Mais ces lésions sont-elles antérieures, concomitantes ou postérieures aux lésions du poumon, du larynx, du mésentère, etc., c'est ce que les savants ne nous disent pas.

Il serait très intéressant de constater précisément le fait. Toutes nos connaissances acquises à ce sujet nous mènent à conclure que l'arthritique est, en règle générale, immunisé contre la tuberculose franche.

Ceci posé, nous pouvons encore conclure que toute tuberculose « torpide », de marche très lente, est postérieure à l'infection arthritisante du foie, et, finalement, que la tuberculose de marche rapide serait la tuberculose des sujets dont les fonctions hépatiques seraient à l'état de pleine déchéance. Car, s'il n'en était pas ainsi, on ne verrait point de tuberculose franche, ou l'on aurait seulement une tuberculose de marche très lente.

Nous avons parlé des granulations du foie arthritique. Qu'est-ce qu'une granulation qui prend la forme scléreuse, fibreuse, ou caséeuse ? Sans doute, c'est la tuberculose elle-même qui, du foie, se propage vers le poumon, le mésentère, le larynx, la peau, les os, etc., lorsque la vis naturæ ne peut ou la localiser ou l'assiéger dans le foie.

Peu importent les diverses modalités cliniques de l'arthritisme : goutte, asthme, migraine, obésité, etc. Ce sont autant de phénomènes d'altération de la nutrition qui proviennent de la perversion des humeurs saturées par les toxines du bacille.

On commence déjà à diviser le foie en deux parties : le foie gauche et le foie droit, pour mieux en étudier la complexité des fonctions. Mais il le faut avouer franchement, on ne sait encore que bien peu de chose à cet égard. Puisqu'on ne sait presque rien du rôle de cet organe vis-à-vis du maintien de l'énergie biochimique des cellules, il est tout naturel qu'on ne puisse même expliquer la diversité des types que présentent toutes les maladies dites de nutrition ralentie ; elles sortent toutes d'une même source : la diathèse bradytrophique, c'est-à-dire les toxines du bacille de Koch.

Seule la bactériologie le saura dire, lorsque la physiologie du métabolisme hépatique sera plus avancée et lorsque les savants auront fait une étude approfondie du foie arthritique, pour arriver à la racine du vice de nutrition. Alors, mais alors seulement, on aura, mise en pleine lumière, l'étiologie de l'arthritisme.

Pour le moment, nous ne pouvons sortir du champ des hypothèses. De ces hypothèses, celle qui se vérifiera sera sans doute la nôtre.

La raison se révolte contre le diagnostic de vice de nutrition qui ne définit rien, puisqu'il prend les symptômes pour la maladie : l'effet pour la cause. Faire la cure des symptômes, c'est faire de la médecine palliative ; cette médecine marche en aveugle, à tâtons, à travers les labyrinthes de l'inconnu.

Devant la complexité du syndrome arthritique, on se rend compte de la situation pénible et du médecin et de son malade : celui-là ne peut s'acquitter de la tâche si lourde de subvenir, avec une thérapeutique efficace, à chacun des symptômes qui se présentent, quand ils ne se présentent pas plusieurs en même temps ; celui-ci sent s'épuiser ses énergies vitales et sa vie s'en aller, et il ignore la cause de la maladie qui le frappe, il demeure sans soulagement dans ses misères, sans répit dans ses douleurs : il est désespéré du diagnostic de vice héréditaire ou acquis qui, pour lui, reste tout vide de sens pratique.

Tant que les savants n'auront point rendu l'arrêt définitif, je m'obstine à croire que l'arthritisme est la tuberculose elle-même, cantonnée dans le foie. Elle y subit un arrêt de développement parce que le tissu de cette glande est un terrain impropre pour elle. Aussi elle y évolue lentement, sans énergie, par étapes. Elle passe par les états dits de petit arthritisme pour aboutir à l'artériosclérose, au diabète, au mal de Brigh, etc., si l'organe régulateur du métabolisme n'en arrive point à défaillir tout à fait. Si le foie garde un peu de ses énergies, la tuberculose se manifeste d'une manière franche, mais sa marche est lente et engourdie ; la tuberculose galopante est le propre d'un foie presque mort, d'un foie qui ne peut plus maîtriser l'incendie de la fièvre consomptive qu'allume la défense organique dans sa débâcle.

Nous avons parlé précédemment des granulations du foie. Nous les considérons comme un vaccin immunisateur contre l'infection tuberculeuse.

Chez l'asthmatique, ces granulations sont la cause de l'asthme. L'asthme est la tuberculose de la région naso-pharyngée qui est souvent toute recouverte de granulations, dont l'ensemencement provient du foie arthritique. Partout où, dans l'organisme, l'on constate la tuberculose « torpide », on voit ces petites graines de microbes entourant les points lésés.

Le plus souvent ce vaccin du foie immunise tous les autres organes ; mais quelquefois l'immunisation n'est pas complète ; les anticorps ne pouvant se former en quantité et en qualité nécessaires pour s'opposer à l'action du bacille et le neutraliser tout à fait.

Nous concluons donc que la tuberculose est toujours hépatique, quel que soit l'organe qu'elle frappe, et que l'arthritisme est la bacillose du foie, qui, ne pouvant suivre son évolution classique, prend une autre allure et une autre route. Les toxines affaiblies du bacille chétif, au lieu d'accélérer la nutrition, la ralentissent de plus en plus : elles sclérosent les cellules et donnent lieu à toute la kyrielle des phénomènes de l'arthritisme consacré par la science.

A parler rigoureusement, il n'y a pas de tuberculose « torpide », ni non plus de bacille de peu de virulence, il y a seulement un terrain ensemencé et plus ou moins immunisé, ou bien il y a des organismes présentant une force défensive à des degrés divers, depuis le plus fort jusqu'au plus faible, qui est la déchéance complète.

L'arthritisme n'est-il pas de marche fort lente ? N'est-il pas lui-même une diathèse bradytrophique, « torpide » ?

Devant l'épouvantable pourcentage de la tuberculose voilée constaté chez les enfants qui pourtant ne deviennent qu'en très petit nombre franchement tuberculeux, n'est-on pas en droit de croire, non pas que la grande majorité d'entre eux se soit heusement libérée du fléau, mais qu'ils se sont arthritisés, c'est-à-dire vaccinés par l'arthritisme ?

Par ces raisonnements, qui nous semblent légitimement fondés, nous écartons l'antagonisme que l'école classique pose entre l'arthritisme et la tuberculose : celui-là marchant avec lenteur, lourdement ; celle-ci s'avançant très vite et souvent au galop ; celui-là retardant la nutrition ; celle-ci l'accélérant outre mesure. Ce ne sont que les deux formes ou les deux faces de la même toxi-infection.

On explique l'insolubilité de l'acide urique qui produit les sérieux désordres fonctionnels de l'arthritique soit par le manque, soit par l'altération de l'acide thymique naturel, cet acide dissolvant sur place l'acide urique. Une intéressante étude de Schmoll, de Baltimore, nous offre beaucoup de renseignements sur ce point[1].

Mais quel agent neutralise, chez l'arthritique, altère ou supprime cet acide solubilisateur de l'acide urique ? Ce sont, sans doute, les toxines du bacille de Koch. Elles transforment chimiquement sa nature, le rendent inerte vis-à-vis de l'acide urique qui devient alors insoluble, voire même qui cristallise en urates et en phosphates divers : d'où la gravelle rénale et hépatique, les calculs, les nodosités ou tophus des articulations.

Notre théorie déjà exposée de la cristallisation par saturation des humeurs dans la lutte des leucocytes entre les microbes rend bien compte, n'est-il pas vrai ? de l'altération des acides de notre organisme qui deviennent déminéralisants chez les arthritiques, et rend compte aussi bien de la tendance de leurs cellules à se scléroser.

On sait que la sclérose est un *processus* de défense, mais cette défense contre une agression permanente, toujours active, finit par engendrer une autre

[1] Dr J. Laumonier. *Arthritisme et artériosclérose.*

maladie ou plusieurs autres maladies fort graves, comme l'artériosclérose, la sclérose ou la cirrhose des organes, les hypertrophies, etc.

Pour que cette défense, qui est alors devenue nuisible, puisse prendre fin, il faut supprimer l'agresseur. Aussi longtemps que l'acide urique demeurera insoluble, la défense luttera bien contre l'agression, mais elle produira, avec d'autres désordres, l'empierrement encombrant des cellules, des artères, des veines, des vaisseaux attaqués.

La thérapeutique employée jusqu'à présent est toute pauvre de résultats, parce qu'elle ne vise que le symptôme ou l'effet : la cause est méconnue.

Le beau livre de M. le Dr Paul Carton sur l'arthritisme et la tuberculose[1] est venu, sans qu'il le soupçonnât, apporter une grande force à notre hypothèse. Pour lui, la tuberculose est une greffe qui s'insère sur l'arthritisme et ne se fixe qu'aux organes déjà en déchéance, lorsque, par un long surmenage, le foie se trouve épuisé d'énergie. Mais ses malades s'améliorent ou guérissent de leur tuberculose si, par son régime végétarien, leur foie se soulage un peu de son travail excessif, ou s'il reprend, par une décongestion complète, l'exercice normal de ses fonctions. Les tares arthritiques s'en vont, elles aussi, avec la tuberculose.

Comme on le voit, il y a, pour M. Carton, de l'arthritisme sans tuberculose et de la tuberculose

[1] Dr Paul Carton. *La tuberculose par arthritisme.*

sans arthritisme. Pour nous, tout arthritique est tuberculeux, tout tuberculeux est arthritique : l'un tout aussi bien que l'autre portent le même bacille. La grande, la moyenne, la petite virulence du bacille tient au degré plus ou moins grand d'immunisation du vaccin, gradation qui atteint souvent à l'immunisation complète, dans des cas nombreux d'arthritisme classique. La différence la plus frappante se voit sur l'échelle thermométrique ; l'arthritisme est en bas, au-dessous de 37° : la machine brûle mal ses combustibles, car la chaleur manque pour entretenir la température suffisante aux besoins d'une nutrition normale; la tuberculose est en haut, au-dessus de 37° : les combustibles brûlent avec trop de rapidité, la machine ne peut maîtriser l'incendie qui, par consomption, la détruira tout entière.

Malgré cette différence de physionomie, qui pourtant n'est pas rare chez les membres d'une même famille, l'infection tuberculeuse et l'infection arthritique sont une seule et même infection. S'il n'en était pas ainsi, les tuberculeux de M. Paul Carton ne guériraient pas de leur tuberculose par le moyen d'une cure anti-arthritisante, c'est-à-dire par un régime végétarien hypo-concentré qui vise au rétablissement des fonctions hépatiques.

L'arthritisme vient du foie, l'infection qui l'engendre débute par le lobe supérieur gauche. Dès que le foie est le siège de cette infection, nous voyons du coup l'arthritisme classique de Bouchard, ou la tuberculose torpide admise de nos jours, si le vaccin du bacille spécifique ne parvient pas à immuniser tout à fait le malade.

C'est le foie surmené, ou pour parler plus exactement, c'est le foie recouvert de granulations bacillaires qui fait tomber la température et retarde la nutrition ; c'est la fièvre qui accélère cette nutrition par la combustion excessive d'abord des réserves de graisse, et ensuite des éléments musculaires.

La fièvre est une belle arme de défense que l'organisme arthritique possède contre les accès de la goutte, pour dissoudre les tophus ou les concrétions minérales qui s'entassent douloureuses dans les articulations. Mais cette arme est comme un poignard à deux tranchants, dans la tuberculose, elle frappe sans distinction et les bacilles et les éléments nobles de la vie du malade. Elle ressemble à une armée maladroite qui, dans une mêlée, tire sur les ennemis engagés avec les siens sans s'apercevoir qu'elle frappe en même temps et ceux-ci et ceux-là.

On ne peut expliquer rationnellement l'arthritisme si on le met hors du cadre des maladies infectieuses. L'intoxication qui provient de la flore intestinale ne l'explique pas non plus, malgré les belles et minutieuses recherches des savants à ce sujet, à la tête desquels se trouve l'éminent professeur Combe, de Lausanne[1].

[1] Dr A. Combe. *Auto-intoxication intestinale.*

Plus on descend dans les détails, plus on fait d'érudition, plus on enrichit le vocabulaire de la soi-disant auto-intoxication, et plus aussi, semble-t-il, se dérobe l'arthritisme qui se cache aux yeux des savants comme un intangible fantôme. Il se voile sous les réseaux de plus en plus serrés des explications et des recherches qui se heurtent les unes aux autres par d'irréductibles contradictions.

Quoi qu'on en dise, l'arthritisme provient d'une infection, mais cette infection émane d'un microbe spécifique.

M. le Dr Étienne Burnet, qui a fait une si belle étude des microbes et de leurs toxines [1] et qui est l'un des élèves les plus distingués de Metchnikoff, est en voie de démontrer, avec son illustre maître, que la goutte est de nature microbienne. Or, la goutte est une des manifestations les plus nettes de la diathèse arthritique, selon l'école classique. On verra que son microbe isolé fera de belles cultures de tuberculose.

Sans l'intervention du microbe, on ne pourra jamais expliquer les troubles de nutrition de l'arthritique.

M. Lancereaux imagine un état de perturbation nerveuse antérieur aux troubles de la nutrition, il en fait la cause de ces troubles, c'est-à-dire la cause de la diathèse.

Mais l'esprit humain qui a la curiosité, toute

[1] Dr Étienne Burnet. *Microbes et toxines.*

humaine elle aussi, de vouloir connaître le pourquoi des phénomènes, remonte la chaîne des causes et se demande quelle est la cause de cette perturbation nerveuse précédant les troubles de la nutrition : et le doute subsiste toujours.

M. Bouchard, dont le nom illustre suffit à lui seul à rappeler tout un traité de sagesse médicale, puisqu'il a conçu et créé le premier code des maladies par ralentissement de nutrition, M. Bouchard avoue très sincèrement que la pathogénie des maladies arthritiques ne sort point encore du champ des hypothèses, exception faite du diabète et peut-être de l'obésité.

Mais notre impatiente « Psyché » n'est point satisfaisante, elle reste toute désolée de ne point connaître quelle est la pathogénie prétendue connue de ces maladies. Le maître répond encore : c'est un vice de nutrition. Un vice, toujours le même mot : vice. Personne ne sait d'où provient ce vice.

Pourquoi la glucose s'extravase-t-elle par l'urine au lieu de remplir la fonction physiologique à laquelle elle est destinée dans l'organisme ? Pourquoi les graisses, au lieu de se brûler, vont-elles s'entasser dans les tissus ?

Après de longues dissertations, on répond toujours que c'est par un vice de nutrition, héréditaire ou acquis, et on nous offre tous les synonymes grecs ou latins de ce mot. Mais ce vice ne définit point la pathogénie des états arthritiques, il en désigne seulement la cause éloignée, nullement la cause efficiente. La cause première est ailleurs et c'est ailleurs qu'il la faut chercher, si l'on ne veut pas toujours tourner dans ce regrettable cercle vicieux.

La vieille théorie humorale était déjà tombée dans le même embarras. Elle voyait dans l'altération permanente des humeurs l'étiologie des maladies constitutionnelles. C'était une chose acquise, indiscutable, un dogme que tout le monde acceptait comme tel. Mais en y réfléchissant, l'esprit investigateur des savants a voulu pénétrer au fond de la théorie. Il s'est demandé quelle était la cause de cette altération dans la crase des quatre humeurs d'Hippocrate. Et des écoles et du grand public est venue cette interpellation aux maîtres. La doctrine alors a subi une crise grave. Baillou se présenta pour la sauver. Pour y réussir, il s'arma de toutes les forces de son autorité généralement acceptée.

La cause de la diathèse, dit-il, ce sont les humeurs peccantes. Et pour cette trouvaille, heureuse pendant de trop nombreuses années, on applaudit Baillou. Mais à la longue, les gens du métier, las d'applaudir sans obtenir de résultats pratiques, voulurent aussi savoir pourquoi les humeurs étaient peccantes. Personne ne leur a répondu.

Tout était perdu, fors l'espérance!

On s'est alors engagé dans un labeur obstiné pour découvrir ce « péché » des humeurs. On est retourné au même terrain, si fouillé déjà pendant des milliers d'années. Les prospections recommencent et les fouilles sont reprises de fond en comble. C'est bien là que doit être la chose cherchée, elle ne peut se trouver ailleurs. Cependant les maîtres n'ont rien trouvé que de la terre remuée, et, sur ces décombres, du gravier partout répandu.

Du fond de leur désolation, anéantis par l'échec de leurs recherches, ils n'ont pris aucune attention, ils n'ont attaché aucune importance à ce gravier, ils l'ont absolument dédaigné.

Et pourtant ce gravier était le péché des humeurs, ce gravier, c'était le microbe.

TABLE SYNTHÉTIQUE DES MATIÈRES

CHAPITRE I

CHAPITRE II

CHAPITRE III

CHAPITRE IV

CHAPITRE V

CHAPITRE VI

CHAPITRE VII

CHAPITRE VIII

CHAPITRE IX

CHAPITRE X

CHAPITRE XI

CHAPITRE XII

CHAPITRE XIII

CHAPITRE XIV

ÉVREUX, IMPRIMERIE CHARLES HÉRISSEY

www.ingramcontent.com/pod-product-compliance
Ingram Content Group UK Ltd.
Pitfield, Milton Keynes, MK11 3LW, UK
UKHW031858260826
14628UKWH00002B/847

9 782329 111414